はじめに

ぼくの　ものがたりの
かるかとおもうと　作者
してきます。――まるで
かるような気持です。こ
かとってもハニカミヤで

1

ウサギギクの花びらが耳のなか
顔をおこすと、顔のまうえにキ
キスゲのずーっとうえにとんで
た。

山の牧場（まきば）のお花ばたけにイシザ

ちくま文庫

星の牧場

庄野英二

筑摩書房

ゆれているキスゲの花のしんからハナアブがとびだして、つぎはどこにとまろうかというふうに、ちゅうにとんでいたが、モミイチの鼻のさきっちょにまいおりた。

鼻のさきっちょがくすぐったい。

モミイチはしたくちびるを、うんとつきだして、プーッとふいた。

ハナアブはちょっとまいあがってから、つぎは、モミイチのひたいにとまった。モミイチは二、三回ひたいにしわをよせてみた。ハナアブはモミイチのひたいのうえを二、三回くるくるあるいてまわってから、とびたっていった。

モミイチは、からだをうごかさずに、じっと雲をながめていた。

モミイチの耳には、また馬蹄（ばてい）の音がきこえているのかもしれない。ツキスミが一頭きりで走っているか、ツキスミがおおくの馬といっしょになって走っているか、かけていく馬の蹄（ひづめ）の音が高く低く、モミイチの耳の底にきこえてきているのかもしれない。

モミイチは、ウサギギクのお花畑のなかに、もうずっとねころんだままであった。

2

モミイチの頭がおかしくなったのは、かれが戦争からかえってからである。

挿画　カシワイ

戦争からかえったときには、すでに、おかしくなっていた。戦争にいっているとちゅうからおかしくなったのだが、それをくわしくしっているひとは、だれもいない。よくもぶじに、山の牧場までかえってこられたものだとおもう。

モミイチの頭がおかしいといっても、ふつうのばかやきちがいとはちがっている。ふだんは、すこしもおかしいところはなくて、まったく、ふつうのひととかわりはない。ただおかしいのは、かれが記憶をうしなっていることと、もうひとつ、ときどき、かれの耳に馬蹄の音がきこえてくるということであった。そばにいる者には馬蹄の音などぜんぜんきこえもしないのに、かれの耳には、それがきこえてくるというのであった。お医者さんの用語では、「幻聴(げんちょう)」というのだそうだ。

モミイチは、おさないときに両親をなくしたので、それからずっと山の牧場にひきとられて大きくなった。

戦争にいくまでは、牧場きっての元気なわかもので、かいがいしいはたらき手であった。

牧場には、モミイチが子どものころには、馬もたくさんいたが、モミイチが大きくなったころには、もう荷物をはこんだり、牧草地をたがやす馬のほかは、ほとんど牛ばかりになっていた。

3

戦争がはじまって、モミイチは軍隊に召集された。

馬のいる部隊であった。数か月の教育期間がおわってから、モミイチは鍛工兵というかかりにまわされた。鍛工兵というのは、軍隊のなかの鍛冶屋のしごとである。モミイチはかじ屋のしごとは子どものときから見なれてはいるが、やったことはなかった。火のそばでしごとをするのは、あついけれども、冬はあたたかくていい。まっかにもえた鉄をつちでたたくのは、ちからがいるけれども、モミイチは山できたえてちからはつよいので、苦にはならなかった。

かじ屋のしごとは、夏はあつい。けれども、軍隊のなかでは、どんなしごとも、みんならくではない。モミイチは、じぶんにはかじ屋のしごとがいちばん適しているとおもって、苦にはならなかった。

鍛工兵のおもなしごとは、馬の蹄鉄をつくって、馬の蹄にうまくうちつけることであった。

馬の蹄鉄というものは、人間の靴とおんなじだ。馬蹄にぴったりあうようにできていないと、足がいたくてあるけない。ゆがんでいてもあるきにくいし、とめ釘がわるいと、すぐにおっこちる。

馬は口ではいわないけれど、どのかじ屋がじょうずで、どのかじ屋がへたかを、よくしっていた。どの兵隊よりも蹄鉄のつくりかたの上手下手(じょうずへた)をよくしっているのは、馬たちである。

牧場でそだって馬のすきだったモミイチは、馬にすかれる鍛工兵になった。モミイチのつくる蹄鉄は、馬たちのほめものであった。

モミイチは、じぶんのつくった蹄鉄が、ほかのだれのつくった蹄鉄よりも、馬たちにいちばん気にいられていることを、よくしっていた。馬と話をしなくたって、そんなことは、すぐにわかる。馬の目の色や、なきかたや、しっぽのふりかたや、からだぜんたいのそぶりでわかるのであった。

4

モミイチの部隊が戦地へいくことになった。モミイチは、ツキスミという名の馬を、せわするかかりになった。

兵隊も馬も、大砲も荷車(にぐるま)も、船いっぱいにつみこまれて、日本のみなとをはなれた。

兵隊たちは、カイコだなのようなたなに、ぎっしりとつめこまれ、馬は船のいちばんそこにつみこまれた。船は、暑いほうにむかっていたので、いっそう暑くるしかった。

モミイチの部隊は、インドシナ半島に上陸して、メナム河のほとりで、何か月かをすごした。

バナナや椰子(ヤシ)の木がしげり、熱帯の景色(けしき)がめずらしかった。

インドシナ半島にいるあいだは、戦いはなくて、あぶない目にあうことはなかった。兵隊たちは朝おきると、はだか馬にのって野原へでていった。そこで朝つゆにまだぬれている、やわらかくておいしい草を、はらいっぱい馬にたべさせた。

太陽の照りつける暑い日中は、馬は、大きく枝をひろげている木のしたのかげに、つながれていた。モミイチもツキスミといっしょに木陰(こかげ)でひるねをしたりした。

夕方になると、兵隊たちは馬を河へつれていって、水あびをさせた。そのふきんにすんでいる子どもたちや、子どもの親たちも、それをながめにきた。

モミイチは、インドシナ半島にいるあいだ、いろいろとめずらしい果物(くだもの)をたべることができた。

バナナやパパイヤやマンゴーや、もっともっとあまい果物をたべた。椰子の実の水ものんだ。

モミイチは、バナナを買って、ツキスミにときどきたべさせてやった。ツキスミはバナナがだいすきで、かわのままたべた。

5

モミイチの記憶がはっきりしていて、おなじ部隊の兵隊にたずねてみてもまちがいないのは、インドシナ半島にいたときのことだけである。

モミイチの部隊はインドシナ半島に何か月かいたのち、ふたたび船にのって、フィリッピンのマニラへむかった。

モミイチの持馬（もちうま）のツキスミもいっしょであった。

暑い暑い熱帯の海の航海で、夜になると甲板（かんぱん）にねて、あかるい南国の星空をあおいだ。大きな波のうねりにマストがゆれて、星座のたてごとを、かき鳴らしているようであった。

船がマニラ湾の入口にさしかかったころ、敵の潜水艦の攻撃で、モミイチののっている船に魚雷が命中した。

うずをまいて、塩水が船のなかにながれこんできた。

兵隊たちは甲板へかけあがって、いそいでにげるじゅんびをした。モミイチは甲板へかけあがらず、ころげおちるようにして、船のそこへとびこんでいった。

ハッチから海水がたきのようにながれこんでくるので、目のまえが見えなかった。船底(ふなぞこ)にいる馬は、もがいて苦しんでいた。

モミイチは腰にさしていた短剣でつないでいたひもをきって、はなした。

モミイチが死物(しにもの)ぐるいでひもをきっているのを見た兵隊が、三人いる。

船はやがてしずみ、モミイチは、ふしぎにうまいぐあいに、ハッチから船のそとへ、ほうりだされてしまっていた。

6

モミイチは運よく、たすけにきた船にひろいあげられて、マニラに上陸した。

モミイチは船からほうりだされたときに、からだじゅう一面に、大けがをしていた。それで、マニラの陸軍病院に入院した。入院すると同時に、高いマラリヤの熱をだして、うわごとをいいだした。

モミイチは、からだぜんたいにうけた傷がひどく、そのうえ、悪性のマラリヤにかかっていたので、一時は、もういのちはあぶないかとおもわれたぐらいであった。ところが運よく、いのちをとりとめることができた。それはまったく、さいわいであった。しかし傷が完全になおり、マラリヤの発作（ほっさ）がおこらなくなるまでのあいだ、三か月あまり入院していなければならなかった。

モミイチのからだが、すっかりもとどおりになって、病院をでたときには、モミイチのいた部隊は、もうとっくに船にのって、スマトラへいってしまっていた。

モミイチはつぎの船にのって、ひとりでもとの部隊を追いかけて、スマトラへいくことになった。

つぎの船は、なかなかでなかった。

モミイチは毎日みなとのちかくの宿舎でごろごろしながら、船をまたなければならなかった。

マニラはうつくしい街（まち）で、古いお城のあとには、ブーゲンビリアの花がたれさがってさいていた。ブーゲンビリアは、とおくから見れば萩（ハギ）の花ににているな、とモミイチはおもった。太陽の照りつけるしたに火炎木（カエンボク）が朱色（しゅいろ）の燃えるような花をさかせていた。街路樹が影をつくっている道を、馬車が鈴を鳴らして走っていた。

フィリッピンのわかものが、赤いシャツをきて、ギターをひいていて、月夜の晩には、サンパギータの白い花が、あまくにおっていた。

7

モミイチは、マニラからどこへいったのか、まるでおぼえがない。

つぎに記憶があるのは、スラバヤの陸軍病院と街である。

モミイチは、スラバヤの陸軍病院の白いベッドにねていた。ベッドのうえには、白いかやがつってあった。

スラバヤの街には市場(いちば)があり、市場には、色とりどりのめずらしい果物があって、むせるようなあまいにおいが、湯気のようにたちこめていた。色をつけたレモン水を売っていたり、赤や青や黄色の布を売るインド人の店があったり、赤い小鳥やインコや空色のオウムを売っている店があった。すやきのつぼや、草をあんでつくったしきものも売っていた。

たけのたかい街路樹のある道路を馬車が鈴を鳴らして走っていた。家々にブーゲンビリアの花がさいていた。

インドネシアの少年たちは、黒いトピーとよぶトルコ帽を、みんなかむっていた。月のあかるい晩には、レモンとマンゴーがにおってきて、インドネシア人の村からは、たいこやガメロンの音がながれてきた。ガメロンというのは、木をくりぬいたつつや、小だいこなどの打楽器と、いろいろの弦楽器とでできたジャワふうのオーケストラのようなものであった。

モミイチは、スラバヤの陸軍病院で一九四五年の八月（太平洋戦争のおわり）をむかえた。

モミイチは、日本が戦争にまけたので、それからガラム島という島へおくられ、そこから船にのって、日本へかえってきたのであった。

三年ほど戦争にいっておりながら、おぼえているのは、インドシナ半島にいたことと、マニラやスラバヤの陸軍病院と市街の風景だけであった。

8

モミイチは、マニラ湾の入口ちかくで船がしずみ、そのときのショックとマラリヤの熱で、記憶をすっかりうしなってしまう病気になったのだろうと、おもわれていたが、日本へかえってしばらくすると、アンボンという島で、ツキスミといっしょにくらしていたといいだした。

モミイチの記憶によみがえってきたアンボン島には、椰子の木が海岸にいっぱいしげっていた。そして海岸は白いさんごしょう岩でできていて、そのうえをカニがはっていた。

島にはレモンの木がたくさんあって、木の枝には、こぶしの花がさいたように白いオウムがとまっていた。

モミイチは毎朝、白いさんごしょうの水ぎわへ、ツキスミをつれて水あびにいき、それから青草をたべさせてやり、白いなぎさをツキスミにのって散歩した。

あおいインコがとんできて、ツキスミの頭にとまることがあった。

月夜の晩にも、白いさんごしょうのなぎさをツキスミにのって散歩した。なぎさには夜光虫がいっぱいながれよっているので、ホタルかごからホタルを一面にばらまいたように水のなかであかるく光っていた。

夜光虫のなぎさにツキスミをのりいれると、あかるい星くずの海のなかを馬であいているような気持ちがした。ツキスミが、かっぽかっぽ、蹄をかえすと、夜光虫がとびちって、星くずかホタルを、けちらしているようであった。

9

モミイチはアンボン島にいたとき、餅をやいてたべたことがあるという。

アンボン島にいるとき、米がたりなくて、沼地にはえているサゴ椰子のデンプンをとってたべた。毎日サゴ椰子をたべていると、あきてきたので、なにかうまい食いかたはないだろうかと、兵隊たちはいいだした。

モミイチは餅にして食ってみたらどうかとおもって、じっけんしてみた。大きな石を見つけてウスにし、かたい木をきってキネをこしらえた。すずしい月夜の晩に、サゴ椰子のデンプンに豆やキビの実をまぜて餅つきをした。

モミイチは鍛工兵だから、アンボン島でもかじ屋のしごとをした。かじ屋のしごとには、ふいごでおこす炭がいる。かれは炭がまをつくり、木をやいて炭をつくっていた。

モミイチは炭で餅をやいた。

餅がこんがりこげて、こうばしいにおいがすると、まわりをかこんでいる兵隊たちは、鼻をくんくんと鳴らして「たまらねえな」といった。

サゴ椰子の餅を、カシワやシソににた葉をみつけてきて、それでくるんでやくと、木の葉のにおいがしみこんで、なかなかうまかったという。

10

ほんとにモミイチは、よくもぶじにかえってこられたものだとおもう。

戦争がおわって、スラバヤからガラム島へつれていかれ、それから復員船にのったとはいうものの、病気が「記憶喪失症」というので、始末がわるかった。

なにをきいても、わすれてしまっていて、なにも答えられず、はずかしそうにニコニコわらっているだけであった。

じぶんの名まえと、じぶんのそだった牧場のある場所や、インドシナ半島にいたときの部隊をおぼえていたので、とにかくふるさとの村の山のうえの牧場にかえりつくことができたのであった。

とにかくぶじでかえったことが、なによりのしあわせであった。ばかになっていいようが、ものわすれしていようが、ぶじにかえったことはめでたいといって、牧場のひとたちは、よろこんでくれた。

戦争のまえや戦争ちゅうの記憶が、とびとびにぬけているのはしかたがないが、牛にえさをやったり、水をかえたり、草をかったりするしごとはわすれていないし、ふつうのひととすこしもかわりはなかった。それどころか、兵隊にいってきたえているので、ほかのものより、ちからがつよかった。

モミイチは、いろいろのことをわすれてしまっているのがはずかしいのか、あまりほかのひととは口をきかなかった。けれども、ようじをいいつかれば、ハキハキへんじをするし、ひとにはなしかけられると、なんでも答えた。ただ、じぶんからすすんでしゃべりたがらなかった。みんなと、ワアワアじょうだん話を、あまりしたがらなかった。

11

モミイチが牧場へかえってから、しばらくたったある日、とつぜん、

「――ツキスミはどこにいますか?」

と牧場のひとにたずねた。

「――ツキスミ?」

みんながなんのことかと首をかしげていると、

「――ぼくの持馬のツキスミのことですよ」

といった。

はじめ、かれがなにをいっているのか、さっぱりわからなかったが、かれが軍隊時代の持馬ツキスミのことをいっているのだと、やがてわかってきた。

「ぼくのだいじなツキスミがいなくなった。あれほどちいさいときからかわいがっていたのに……」

といって白かばの木の幹にもたれて泣きだしたときには、だれもどういってなぐさめればよいのか、ことばがなかった。

ツキスミという馬は、モミイチが軍隊にはいってから受持になった馬で、もちろんこの牧場にツキスミがいたわけではない。モミイチが少年のころには、この牧場にもかなりたくさんの馬がいたが、しだいに馬をへらして牛をかうようになった。モミイチが馬となかよくしていたのは少年のころで、かれが兵隊にいくまえごろは、牛の世話ばかりがいそがしかった。

12

ツキスミのことをとつぜんいいだして、牧場のひとたちをおどろかせたモミイチは、こんどは馬蹄のひびきがきこえるといいだして、みんなをおどろかせた。

ある日、とつぜん、

「——あっ、走っている、走っている！」

といって、牧場の乾草のうえにたちあがった。

いっしょにはたらいていたひとたちは、なにごとがおこったのかとおもって、しごとの手をとめて、モミイチの顔を見あげた。

モミイチは顔をほころばせて、いかにもうれしくてたまらないというような顔つきをして、とおくのほうをながめていた。

まわりにいたものたちも、モミイチのながめているとおくのほうへ目をやった。

ゆるやかな牧場の丘がつづいていて、風のとおる道の草の葉が白く光り、むこうの山のうえには、白い雲がながれているだけであった。

「モミイチ、どうしたのだ？」みなが口ぐちにたずねると、

「馬です。馬たちが走っています。馬の走る蹄の音がきこえてきます。あのなかにツ

キスミがいます。ぼくはツキスミの走る音は、よくわかるのです」

モミイチはしゃべっているまもおしいように、とおくからきこえてくる蹄のひびきに耳をかたむけて、ニコニコしているのであった。

「モミイチはどうかしている。やっぱりあいつの頭はくるっているんだ」

牧場のひとたちは、モミイチをふびんにおもった。

耳をすましても、蹄の音なんかまるっきりきこえてこないのだ。

きこえるのは、草の葉をなでていく風の音と、ちかくのカラマツ林のカッコーの鳴声だけであった。

その日から、モミイチは、一日に何回となく、蹄の音がきこえるといいだした。

13

牧場のひとたちは、モミイチをふびんにおもった。

けれども、モミイチは蹄の音がほんとうにきこえると信じていた。

「――きこえるかい?」

と、ほかのものがじょうだん半分にたずねると、

「――きこえてる、きこえてる」

と、よろこんで答えた。

はじめのうちは、蹄の音のきこえるたびに声をあげてよろこんでいたモミイチも、まわりのひとが、モミイチのいうことを信用しないのをしってからは、もうだれにも話さなくなった。蹄の音がきこえても、かれは、だまって耳をすましているだけであった。

モミイチがしゃべらなくなってからでも、ひとびとは、モミイチの耳に蹄の音がきこえているときは、よくわかった。

モミイチの目がいきいきとかがやいて、顔が、うれしそうにほころんでいるからであった。

蹄の音は、モミイチのしごとのいそがしいときには、きこえなくて、しごとのひまなときとか、夕方しごとをおわったあとや、夜ねつくまえなどに、よくきこえてくるようであった。

夕方しごとをおわってから、牧場のさくにもたれて、とおくの山をながめていると、とつぜん、たくさんの馬の蹄のみだれて走る音がきこえだした。とおくの山のうえのほうからきこえるのであった。

蹄の音がきこえてくるあたりには、白い積乱雲が、ムクムクとわきあがっているだけであった。

月のあかるい晩にベッドのなかにいると、やはり蹄の音がきこえてきた。窓からそとをのぞくと、水の底のようにあおくすんだ空のうえを、ハンカチのような白い雲が一枚、風にふかれてとんでいるだけであった。

14

モミイチは牧場のしごとがすきで、よくはたらいた。

記憶の欠けていることと、馬蹄のひびきがきこえてくるという病気のようなものは仕方なかったが、ほかのことでは、だれにもまけずによくはたらいた。

朝はやくおきて、牛や馬のえさつけ、ちちしぼり、牧舎(ぼくしゃ)のそうじ、牛をおって牧場へいったり、草かり、乾草のつみかえ、わらきり、ねわらしき……しごとは、いくらでもあった。

朝のしごとをひとかたづけして、昼からは、牧場の草原で牛の番をしながらねころんでいることもあった。

牛を山の放牧場へつれていって放し飼いにすることもあった。谷川のほとりに牛の水飲場があり、塩くればもつくってあった。

モミイチは、じぶんの頭はどうかしていると、ひとにおもわれているらしいので、頭をつかうしごとや、ひととといっしょにやるしごとは、あまりすきでなかった。牧場のほかのひとたちも、みんな、モミイチのこころのなかをよくしっていた。

モミイチはひとりでコチコチと、またはのんびりと、はたらくのがすきであった。

モミイチは山の放牧場へでかけるのが、いちばんすきであった。

牛が自由にあるきまわったり、ねそべったり、走ったりしているのを何日ながめていても、すこしもあきないだろうとおもっていた。

モミイチは放牧場にいると、馬の蹄のひびきがよくきこえてきた。ツキスミたちが放牧場のちかくにすんでいるような気がしてならなかった。

15

ある日、モミイチが、牧場の主人と話をしているあいだに、いまは使っていないかじ屋の道具の話がでた。

いぜんに馬がたくさんいたときには、牧場でもかじ屋の道具をおいて、馬の蹄のうちかえやそのほか、かじ屋のしごとを、なんでもしていたのだが、馬がすくなくなってからは、もうかじ屋の道具は使っていなかった。

かじ屋のようじがあれば、ふもとの村へいって、村のかじ屋にしごとをたのんでいた。それでふいごも、かなとこも、道具はくもの巣だらけにしてほったらかしのままであった。

モミイチは、軍隊で鍛工兵でかじ屋のしごとをしてきたので、せっかくの道具を使わないともったいないとおもったのであった。

牧場の主人は、モミイチがかじ屋のしごとをやってくれるとそれはたすかる、といってよろこんだ。

モミイチは、くもの巣だらけのふいごや道具をそうじして、いたんでいるところはしゅうぜんをした。

ふいごを使って火をおこすには、まず第一に炭がいりようであった。モミイチは、インドシナ半島にいたときも、アンボンにいたときも、炭をやいたけいけんがあるので、じぶんで炭をやくことにした。

放牧場の奥の山に雑木林（ぞうきばやし）があった。

モミイチはその山のなかに炭やきがまをつくることにした。

土をねって炭やきがまをつくり、雑木林の木をきって炭をやいた。

木をきって休んでいるときや、炭をやくかまのまえでひとりでぼんやりしていると、林の奥のほうから、ときどき馬蹄のひびきがきこえてくるようであった。蹄のひびきは山の林にこだまして、アンボン島のアンコロンのかなでるうつくしい調べをきいているようであった。

16

アンコロンとは、もともとジャワ島ブゲンディの、みずうみのほとりの村びとたちがつくりだして、うつくしいみずうみのほとりに、いまもつたわっている楽器であった。

よくかわいたふとい竹を、ふしを底にして三、四十センチの花たてのようにきり、上のほうにちいさな穴をあけて、ほそい竹筒(たけづつ)をふりうごかすことができるようにしてあった。ほそい竹の両端には竹筒がはずれないようにとめる竹板がついていた。こんな形のものや、これにいずれもよくにたかんたんなものが、何種類もあった。これがアンコロンである。

アンコロンをふると、それがとなりの竹にあたり、竹筒が共鳴箱のやくわりをして、ピアノのようにうつくしいすみきった音がひびくのであった。

アンコロンひとつでメロディをかなでることができたが、竹だけのこんなにかんたんな、ようちな楽器で、よくもこんなにうつくしい音が、そしてメロディがかなでられるものだと、だれでも感心しないでいられなかった。

アンコロンはひとつだけでもうつくしいが、それを二つも三つも、もっともっといっしょにあわせて鳴らすと竹の音と音がひびきあって、夜あけの森のなかの小鳥のコーラスのようにうつくしかった。

ジャワのブゲンディのアンコロンを、アンボンの子どもたちも竹でつくって鳴らしていた。

モミイチも、ほかの兵隊も、アンコロンのかなでる調べをきくのはすきであった。

すみきった竹のひびきは、きくひとのこころの奥深くしみとおっていくようであった。

17

モミイチは用のあるときに炭をやいてきて、ふいごで火をおこし、トッテンカントッテンカンかじ屋のしごとをやった。

馬の数がすくないので、馬蹄をつくるしごとは、あまりなかった。けれども、モミイチは蹄鉄をよぶんにうってつくった。

まっかにやけた鉄を鉄ばさみでしっかりはさんで、かなとこのうえにすえる。そしておもい鉄のツチをうちおろす。あおい火花がちる。馬の蹄の型にあわせて赤くもえている鉄をまげる。鉄にみぞをきざみ、釘をうちこむ穴をあける。

モミイチはツキスミの蹄にあわせた蹄鉄をいくつもこしらえていた。

モミイチのかじ屋は、蹄鉄をつくるだけではなかった。牛の鼻輪をつくったり、ミルクかんのとってのとれたのをひっつけたり、折れた車のしんぼうをなおしたり、農場のクワやレーキやフォークの刃の折れたのをうちなおしたり、底のぬけた鉄ナベをしゅうぜんしたり、いろいろとしごとはあった。

牧場だけでなく、ちかくの農夫やきこりもいろいろとしごとをたのみにきた。

モミイチは牧場の家族の子どもたちや、村の子どものために、ブリキや古釘や、ハリガネのくずで、きようにおもちゃをつくってやった。

馬やウサギやリスやジープや飛行機もつくった。

モミイチは、牧場の牛のためには首につりさげる鈴をつくってやった。モミイチの鈴はうつくしいすみきった音が鳴るので、牛たちはよろこんだ。

放牧場の塩くればにはカネをつくった。

そのカネを鳴らすと、牧場からとおくの山々にまで、すみきった音が鳴りひびいていった。牛たちはそのカネの音をきくと、谷の泉のほとりにあつまってきた。

18

さいしょの夏のある日、かれは炭やきの木を山へきりにでかけていった。

こんな暑い夏に木をきらなくてもいいではないか、というものがいたが、山に雪がくると、しごとができなくなるから、夏のあいだに木をきっておくのだといった。

かれはそのころ、炭やきにいくときには、炭やきがまのそばにちいさな杉皮の小屋をつくって、そこでねとまりすることにしていた。

かれは山の林のなかで木をきって汗をかいてつかれたので、切りたおした木の上にこしをおろしてやすんでいた。すると、林の奥から山ばとの声やせせらぎの音がきこえてきた。シジミ蝶（チョウ）がチラチラとんできて、モミイチのまわりを、くるくるくるくる、とびまわった。

山ばとの声をきいたりシジミ蝶のくるくるまうのをながめていると、モミイチはねむたくなってきた。

モミイチはやわらかい草の葉のうえにごろりと、あおむけになってねころんだ。しばらくじっとしていると、モミイチはいびきをかいて、ねむりこんでしまった。すずしい風が、モミイチの顔のうえをなでていき、林の奥でせせらぎの音が鳴っていた。

モミイチはねむっているうちに、馬の蹄の音が群れて走っていくのをきいた。モミイチは耳のそばで蹄の音がきこえたような気がして、ハッと目をさました。

ここは、馬が群れて走るような草原ではなかった。

モミイチはねころんだまま、きりたおした木のあいだから青空をのぞいた。

青空に白い雲がうかんでいた。

馬が何頭も何頭も後先（あとさき）になりながら走っていくような形をしていた。

19

馬のかけていくような形をした雲をながめていると、やっぱり耳のなかで蹄の音が鳴っていた。

林の奥のもうひとつ深い山のなかで、馬たちの蹄の音がきこえているようであった。この山の奥にも、ここおなじようにちいさな谷川があって、馬が水をのみにきているのではないだろうかと、モミイチはおもった。

そうかんがえると、この山の奥に汗をかいた馬たちが走ってきて、大きくしっぽの毛をユサユサふりながら、谷川の水をのんでいる姿が、目にうつってきた。

モミイチは、さっとたちあがると、ナタをさげたまま林の奥のもうひとつ奥の山のほうへあるきだしていた。

いままでひとがとおったこともあまりないところなので、ちゃんとした道はなかった。

モミイチはツルクサやじゃまになる木の枝をナタではらいながら、どんどん奥へはいっていった。

いつのまにか鹿（しか）のとおるような細道ができていた。モミイチはその細道をたどりながらあるいていった。くものすが顔にひっかかったり、ふじづるが足にからむのは、じゃまになった。

山はけわしいのぼり道になり、岩のでたがけっぷちにうつくしいシャクナゲがさいていたり、モミイチの顔より大きいイワユリがかたまってさいていて、ドングリ蜂(バチ)が花のしんにはいっていって蜜(みつ)をすっていた。

モミイチはつかれると、ひとやすみしてまたあるいた。

鹿の細道はとぎれないで、奥のほうへつづいていた。モミイチはどんどんあるいていった。

モミイチは、メナム河のほとりやアンボン島のジャングルのなかをあるいたことを、おもいだしていた。

20

道はけわしいのぼり坂になってきた。

モミの林をとおりぬけ、サワラやトウヒの林をくぐりぬけ、ダケカンバの林の底の道をはうようにしてあるいていった。

ダケカンバの林をやっとぬけ出てしまうと、見わたすかぎりのシャクナゲの斜面になっていて、いまシャクナゲの花ざかりであった。

モミイチはあまりのうつくしさに、しばらく目を見はっておどろいていたが、やがてシャクナゲのあいだの細い鹿の小道をのぼっていった。

シャクナゲの花が顔をこすったり、枝をはじいたシャクナゲの花がモミイチの顔をたたきつけたりした。

シャクナゲの花に顔をたたかれるのは、かまわないけれども、シャクナゲの花びらがいたんだり花がちっては、シャクナゲがかわいそうだと、モミイチはおもった。

シャクナゲの一面にはえている斜面をのぼっていって、さいごのけわしいがけをよじのぼると、モミイチは思わず大きな声をださないではいられなかった。

がけをのぼりきったところから、たいらな原っぱになっているのであった。そして見わたすかぎり一面に、むらさき色のやわらかいカーペットをしきつめたようになっていた。

むらさき色のカーペットは、マツムシソウの花がさいているのであった。

もう鹿の小道はなかった。道はなくてもどこでもあるくことができた。

けれどもモミイチは、どうしてあるけばよいだろうかと、足がすくんでしまっていた。こんなにかれんなうつくしいマツムシソウが、びっしり一面にさいているのに、そのうえをあるいてとおるということは、どうかんがえても、できそうなげいとうではなかった。

21

モミイチがマツムシソウの花のカーペットのそばでたちすくんでいると、そのとき、とおくのほうから風にのって、笛(ふえ)の音(ね)がながれてきた。

おや、こんな山のなかのお花畑で笛の音がきこえるとは、いったいどうしたことだろう。

モミイチは、じぶんの耳をうたがわないではいられなかった。

笛の音は、モミイチの耳のせいではなかった。

やわらかみのあるゆるやかな音が、ひとつのメロディをかなでているようであった。

モミイチは、あの笛の音をどこかできいたような気がした。正月のサーカスのジンタであったか、街の公園の音楽堂できいたものであったか、マニラの街角(まちかど)をあるいているときにきいたものであったか、たしかにききおぼえがあった。

それにしても、こんな山のなかのお花畑で、だれが笛なんかふいているのであろう。モミイチがマツムシソウの花のカーペットをながめて、うっとり笛の音をきいていると、むこうのほうからひとりの男があるいてくるのが目についた。

笛はその男がふいているのであった。

男はモミイチとおなじような兵隊服のズボンをはいて、ドタ靴をはいていた。上は腕まくりしたシャツのうえに、しゃれた赤いチョッキなんか着ていた。

笛ふきの男は、モミイチの姿を見つけたらしく、ゆっくり笛をふきながらちかづいてきた。こんな山のなかにいる人間は、おそろしい奴(やつ)ではないかと、ちょっとおもってみたが、おそろしい人間が笛をふくことなんかないだろうと、モミイチはこころのなかで、ひとりぎめしていた。

22

笛をふく男はマツムシソウの花のカーペットをおしげもなくふんで、ちかづいた。

そしてモミイチに、

「よお――」

と声をかけた。

モミイチも、それにつられて、

「よお――」

とあいさつをした。

モミイチは、男の顔を、どこかで見た顔だとおもった。

（インドシナ半島にいたときか、マニラにいたときか、アンボンにいたときか、それともスラバヤの陸軍病院にいたときか……）

モミイチは、すぐにおもいだせなかった。

むこうもモミイチの顔をしっているような顔つきであった。なんとかおもいだそうとしているようであったが、おもいだせないらしかった。

モミイチは、なにかいおうとおもって口をひらこうとした。むこうの男も口をひらいてものをいおうとした。それが同時であった。

二人（ふたり）は口をとじてしまった。

モミイチは、こんどは、じぶんからさきになにかものをいわないといけないような気がした。

「――なんだい、笛なんかふいて」

モミイチはぼそぼそと低い声でいった。

「――笛？　これは笛でも秋まつりの笛とはしろものがちがうぞ」

むこうの男はちょっといばっていった。秋まつりの笛とおなじではなくて、もっと上等のものであることは、さいしょに見たときからわかっていた。

「――これはクラリネットだぜ」

男はじまんして見せて、両手で口にあてると、上をむいてしずかに一曲ふいてみせた。

23

クラリネットからながれる調べをきいていると、はじめちょっと耳がくすぐったかったが、くすぐったいのもすぐにとれて、汗をかいてねばねばしていたからだが、きゅうにサラッとかわいてきたようであった。

マツムシソウの花のなかや、花のあいだで、せわしそうにはねをならしてうなっていたミツバチたちが、きゅうにはねの音をたてなくなってしまった。

ちかくのミツバチたちは、しばらくのあいだ、花のなかや花のあいだで、クラリネットからながれてくる曲を耳をすましてきいていたが、しばらくするとしずかにまいあがった。そして風にながされる花びらのように、クラリネットからながれていく音楽にのって、フワーッとながれていった。ミツバチたちは、クラリネットのラッパのなかからふきだされたようなかっこうであった。

クラリネットを一曲ふきおわると、その男はどんなもんだというような顔つきをして、モミイチの顔を見た。モミイチはあんまりうつくしいので、感心してしまって、

「うまいもんだな」

といおうとおもったが、モミイチはおせじをいうのになれてはいないので、

「クラリネットなどふいて、なにするんだい？」

とちいさい声でぼそぼそといった。

「――クラリネットふけると、いいにきまっているじゃないか。第一、ソロもできれば、オーケストラにもはいれるじゃないか」

「おまえ、オーケストラにも、はいれるのけ？」

モミイチは、オーケストラがどんなものかはっきりしらないが、話をしないといけないとおもってきいてみた。

24

「クラリネットがなけりゃオーケストラできないの、きまっているじゃないか」

クラリネットの男はいった。

「それもそうだ」

モミイチはてれかくしに、それもそうだといった。

「——おまえは、なにがやれるのだ？」

クラリネットの男がたずねた。

モミイチは、なんと答えたらよいかわからないので、

「——おれは、かじ屋のしごとならできる」

と、ぼそっといった。

「かじ屋か。かじ屋なら、チェレスタか、鉄琴（てっきん）かチューブベルだ。チェレスタなら独奏（どくそう）もできるからいいよ」

クラリネットの男はいった。

モミイチは、その男の名まえをききそびれたので、男の名まえをかりにクラリネットとすることにした。

モミイチは、なんのことをいっているかわからなかったが、どうやら音楽のことをいっているらしいことは、うすうすわかった。

「チェレスタって、なんだね？」

モミイチはおもいきってきいてみた。

「——チェレスタって打楽器だよ。オーケストラには、調子をとるためにいりようなんだ。チェレスタも鉄琴も、箱のうえに鉄の板が、長いのから短いのへじゅんばんにならべてあって、それをハンマーでたたくんだ。ただチェレスタの箱は、ウワァーンと音がよくひびくように、とくべつにできているんさ。ハンマーだって、チェレスタのはピアノとおなじ上等のだ」

「——おれが、なぜチェレスタをやらなければいけないんだ」

モミイチはふしぎそうにきいた。

「——そりゃ、もっともだ。ただ、おまえさんが、オーケストラにはいりたければチェレスタがいいだろうと、おれがおもっているだけだ」

クラリネットが答えた。

25

「――オーケストラは、どこにいるんだ？」

モミイチは、クラリネットにたずねてみた。

「なんだって？　オーケストラが、どこにいるかって？」

「――うんまあ、そんなもんだ」

モミイチはこれはまずいことをきいたとおもった。

クラリネットは、ちょっとかんがえてから、まじめなふつうの顔つきをしていった。小学校の先生が、わからない生徒に教えてやるときのような顔つきであった。

「――オーケストラはだな、ふだん、いっしょの家にすんでいるわけじゃないんだ。おれのなかまのフルートでも、オーボエやファゴットでも、ふだんはべつべつにめいめいのくらしをしているんだ。ヴァイオリン、ヴィオラ、チェロ、コントラバス、それにトランペットやホルンやトロンボーンやチューバだって、それからチェレスタやティンパニや大だいこの打楽器だって、みんなくらしはべつべつだ。そりゃいっしょにくらしているやつもいるよ。みんなそれぞれしごとがちがうし、しごとによってはいそがしい季節もあれば、のんびりした季節もあるしさ。しかし、おまつりのときは、みんないっしょになってオーケストラをやれるんだ。そのときまずいことになるといけないから、ふだんから、れんしゅうはいっしょうけんめいにやっておくんだな。それぞれのパートの責任ちゅうものがあるよ。おれなんかのようなハチカイのしごとは、花のさく季節はべらぼうにいそがしいし、花のさかない季節は、これまたべらぼうにひまだからな」

「――クラリネット、おまえはハチカイかい？」

「――そうだよ、ハチカイだよ」

26

「――どんなハチカイしているのか、見せてほしいものだ」

「どんなハチカイか、見たいというのか？」

「うん、見たいよ」

「じゃ、ついてこいよ」

クラリネットは片手にクラリネットをもってあるきだした。

モミイチは片手にナタをもったままあるきだした。マツムシソウの花をふんであくのはかわいそうなので、モミイチはなるたけ花をふまないように気をつけた。

ひろいお花畑をよこぎっていくと、谷間へさがる斜面にさしかかった。そこにシラカバの木が三十本ほどはえていて、シラカバの木のねもとにミツバチの巣箱が三十ほどおいてあった。そしてそのシラカバの林のまんなかあたりに風でふくらんだヨットの帆を二枚あわせたような円錐形のグリーンのテントがたっていた。

「——ああ、あれがおまえのテントだね？」

「——ああ、あれがおれのテントだ」

クラリネットが答えた。

「おい、これいいだろ」

「そら、なんだね」

テントのまえのしばふのような草のうえに、長さ二メートルほどのふといシラカバの木がころがっていた。ころがっているようであったが、そのふとい幹には四本の枝がついていて、四本の枝が脚のかっこうになっていた。自然にできた木馬か遊園地のベンチのようになっていた。

「おれはいつもこれにこしかけて、ハチをながめたり、クラリネットをふくんだ。そしてせなかがかゆくなったときには、こういうふうにすれば便利なんだ」

といって草のうえにすわるとシラカバの木にこすりつけていた。

27

モミイチも草のうえにすわってせなかをこすりつけてみた。それからテントのなかへはいった。

テントのなかへはいったひょうしにモミイチは、

「おや、これはなんだか見おぼえがあるぞ」

どこかで見たことがあるような気がしてならなかった。

どこで見たのであろう――モミイチはちょっと首をかしげてみた。

テントのなかには、木をきってつくったかんたんなベッドがあり、ベッドのスプリングは木の皮をあんでつくってあった。そしてそのうえに草であんでつくったゴザのようなものがしいてあった。

ベッドのほかには、物をかつぐときのオイ木や、セオイカゴが、かたすみにあり、木の枝をあんでつくったかんたんなたなのうえには、ランタン、ナタ、オノ、ナベ、カマ、テオケ、カゴ、ヒシャク、ツボなど、くらしの道具がおかれていた。

「そうだ」

モミイチはおもいだした。

「アンボンだった、アンボン島の小屋のなかとおんなじだ」

モミイチはアンボン島にいたとき、テントはなかったが、じぶんたちで小屋をつくり椰子の葉で屋根をふいた。ベッドもつくり、木の皮をはいできて、それでスプリングのかわりにすると気持がよかった。草をあんでゴザをつくり、ベッドのうえにしいた。オイ木やセオイカゴもみんなじぶんでつくった。竹でヒシャクも水おけもつくった。アンボン島の小屋のなかとおなじものが、クラリネットのテントのなかにあった。

28

アンボン島になかったのは、銀の金具がピカピカ光るクラリネットであった。アンコロンをつくって鳴らしている者はあったが、クラリネットなんてだれももってはいなかった。アンボンの島じゅうさがしたって、日本の兵隊でクラリネットなどもっているものはなかったはずだ。

それからたなのすみに本がたてかけてあった。モミイチは、なんの本だろうかとおもって、手にとって見た。みんな五線をひいたおたまじゃくしがびっしりならんだ楽譜であった。

　表紙の題をちょっとぬきがきしてみると（モミイチのおぼえちがいがあってはいけないから）、
○歌劇ジーグフリートの森のささやき　ワーグナー
○交響曲（こうきようきよく）第七番のスケルツォ　ベートーベン
○組曲クルミ割り人形の踊り　チャイコフスキー
○夕べの歌（サン・サーンス編曲）　シューマン
○クラリネット五重奏曲　モーツァルト
○華麗なる円舞曲　ショパン
○ポルカ・マズルカ「トンボ」　ヨハン・シュトラウス
○交響曲未完成　シューベルト
そのほか、まだまだあった。モミイチはクラリネットにたずねてみた。

「――馬の蹄の音楽てのはないのかい？」

「――馬の蹄の音を主題にしたのだね」

クラリネットは、まゆにしわをよせ、むずかしそうな顔つきをしてかんがえていた。

「——おれはしらないな」

「——しらなければかまわないんだ」

29

クラリネットとモミイチはテントのそとへ出て、シラカバの木のベンチにこしをおろした。

「ハチカイの話してくれろ」

「ハチカイの話かい？」

といってクラリネットは話しだした。

「ハチカイのしごとって、べっちょ、むずかしいこともなにもないんだ。花から花をおって、巣箱をはこんでやりさえすればいいんだ。いまここは、マツムシソウが満開だろう。マツムシソウだっていつまでも満開てわけにはいかないんだ。それでマツムシソウがもう花もおわりにちかづくと、こんどはほかのお花畑へいくんだ。コマクサが一面にさいている原っぱとか、タカネスミレ、ウルップソウ、クロユリ、シナノキンバイ、ハクサンチドリ、ミヤマキンポウゲ、キスゲ、コザクラソウ……お花畑はいくらでもあるわな。お花畑をじゅんぐりにまわっていりゃいいんだ。あの巣箱かい？　そりゃかついでいくさ。オイ木のうえに一度に五つのせるんだ。そして六回往復すれば、ぜんぶひっこしってわけだ。テントかい？　うんテントもひっこしさ。あとはミツバチのやつが、かってにせっせとしごとをしてくれるだけだ。おらあ、クラリネットさえけいこしてればいいんだ。こんならくなしごとはないよ。おれはまえから、戦争にいっているあいだから、これがやりたかったんだ。さびしくないかって？　これだけミツバチがいて、なにがさびしいことがあるものか。それにクラリネットだってあるわな。それから、こんなしごとしているのおれだけじゃないよ。山のなかには、おれのようなジプシーなかまが、おおぜい、おおぜいいるんだ。そいつらとであえば、いっしょにうたっておどる。市場もあるし、なに、ジプシーのことしらないのか？　おまえ、ジプシーだよ、じゃジプシーのことを話してやろうか……」

30

ジプシーについてクラリネットは話してくれた。

クラリネットは、ジプシーのことをまえに本でよんだことがあり、ジプシーはヨーロッパにばかりいるものとおもっていた。ところがじぶんが山のなかをうろうろあるいて山のなかでくらしをするようになると、日本にもジプシーがおおぜいいることをしったのであった。

もちろんジプシーというのは、クラリネットが面白半分につけた名まえで、ほんとうのヨーロッパのジプシーとは、べつものであった。

クラリネットのように、うつくしい山のなかの花と森と谷川と雲と昆虫と霧と小鳥と、朝やけや夕やけや、夜のたき火や歌や音楽やハチミツやノブドウやキノコやトチノミダンゴのすきな人種が、この日本の山のなかにもたくさん自由きままにくらしていることをしったのであった。山のなかを愛してさまよいながらくらすひとのことを、クラリネットはジプシーと名づけたのであった。

ジプシーのなかにはクラリネットのようにハチカイをしているものもあれば、ケモノトリをしているものや、ノブドウやキノコ、コノミとりばかりをせんもんにしているものもいた。そのほか、織物をおったり、ツボをやいたり、タケやフジヅル、アケビヅルでカゴやいろいろの道具をつくって売るものもいた。

ジプシーたちは、山のなかのジプシーの市場へ、えものやつくったしなものを売りにいったり、いりようのしなものを買いにいったりした。

そして、どのジプシーにもおなじであることは、山のなかのくらしが大すきであることと、音楽がすきで、だれでも楽器を使うことができるということであった。

31

二人がシラカバのベンチにこしかけているまに、空が夕やけてきた。

入道雲がマニラの街で見た火炎木の花のようであった。

モミイチは、かえらなければならないとおもって、たちあがろうとした。

「――いそいでかえるようじさえなければ、今夜はここにとまっていって話をしないか」

クラリネットはいった。

モミイチは、炭やきがまにはあす火をいれればよいから、きょうはここでとまってもよいな、とおもった。

「それじゃ、とまっていくとしようか」

モミイチはとまる決心をした。

二人はだまって、しばらく夕やけ雲をながめていた。

ジプシーがクラリネットを口にあてると、しずかなこころにしみいるような曲をふきはじめた。

音楽ってばかにいいもんだな。

モミイチはたましいがぬけていくようであった。

クラリネットの曲は、とおくの夕やけのなかからきこえてくるようであった。

ところが、クラリネットの曲のとちゅうから、モミイチの耳にそれこそふいに馬の蹄の音がきこえはじめてきた。

蹄の音は、音楽をじゃましてはいけないと、まるで注意ぶかく気をつけるように、しずかにひびきだしてきた。そして、それがやがて、音楽の曲のなかに楽譜でかかれてあるかのように、クラリネットにあわせてうつくしく調子よくきこえてくるのであった。

ああ、あの夕やけ雲から、蹄の音と音楽がきこえてくるのだ。――モミイチのうっとりとした顔も、夕陽(ゆうひ)をうけてこがね色にかがやいていた。

32

モミイチは、クラリネットにたずねてみた。

「――おまえは、いま、馬の蹄の音が、きこえなかったかい?」

「――蹄の音? おれはじぶんのクラリネットの音のほか、なにもきこえやせんよ」

モミイチは、ちょっとさびしかった。この男の耳ならば馬の蹄がきこえるかもしれないとおもったからであった。しかしクラリネットをふいていると、ほかの音がきこえないのもとうぜんだろうな、とおもってもみた。

モミイチは、おもいきってたずねた。

「――ジプシーをして、ほうぼうをあるいているときに、馬の走っている蹄の音をきかなかったかい? 一頭きりで走っているのや、たくさん何頭もいっしょで走っている馬の蹄の音だよ」

「――そうだなあ」

クラリネットは下をむいてかんがえこんだ。

そしてしばらくしてから、

「山の牧場でならきいたことがあるが、ジプシーしているときにはだな、あんまりきいたことがないような気がするし、きいたような気もするし、うん、カモシカが土をけって走っても、馬のような音はしないわな。おまえ、それ、なにか、馬がどうかしたのかい?」

クラリネットにたずねられて、モミイチはどういおうかと、ちょっとまよったが、かれは正直にじぶんの耳にときどき馬蹄のひびきがきこえてならないことを、クラリネットにくわしく説明をした。

「――もしも、山や花畑をあるいているときにみつけたら、おまえに話をしてやるからな。おれたちのなかまは、ほうぼうあるきまわっているから、どこかであうかもしれないしな」

クラリネットはなぐさめるようにいってくれた。

33

日がくれてきた。

クラリネットは水あびをして、それから夕食にしようといった。

谷へおりていってからだをあらい、それから、テントのちかくでたき火をはじめた。

モミイチは、クラリネットが、いったいなにをごちそうしてくれるのかとおもっていると、

「――たいしたごちそうはできねえけど、スープと鹿のやき肉とサラダとフルーツで

がまんしてくれろ」

といって、土のなべを火のそばへじかにおいた。それから鹿のほし肉を木のくしにつきさして、火のそばにつきたてた。テントのなかからアケビのつるであんだおぼんのようなものをだしてきて、そのうえに食器やパンやバター・チーズ・ジャム・マーマレードなどをならべ、かごのなかからキャベツやレタスや山ウド、キスゲの花をとりだして、それを、きようにナイフできって、酢と油でドレッシングし、レモンの汁(しる)をしぼりかけて、サラダをつくった。

土のなべの湯がたぎると、かれはスープの味をつけて皿につぎ、クルトンとパセリーの粉をふりかけた。

鹿の肉がこんがりやけて、においがあたりにただよった。

二人の食事がはじまった。スープもやき肉もサラダもうまかった。パンもバターも、チーズもジャムもマーマレードもうまかった。

モミイチはインドシナ半島のサイゴンのフランス人のレストランでたべたときのおいしいごちそうをおもいだした。これならばフランスのレストランにもまけないなと、モミイチはひとりで感心しながら、はらいっぱいにごちそうになった。

34

食事がおわると、クラリネットは、

「——紅茶かコーヒーか、どちらがいいか？」

とたずね、モミイチが、紅茶がいい、というと、かれは火のそばに鉄の湯わかしをおいて、湯をわかし、それから紅茶をいれた。

モミイチは、こんなおいしい紅茶をのむのは、ひさしぶりであった。

クラリネットは、また、クラリネットをとりあげて、さっきふいたのとはちがう曲をふいてくれた。モミイチは音楽というものが、いっぺんにすきになってしまって、つかれたときにあまいものがたべたくなるように、はらいっぱいになったときには牛のようにねそべりたくなるように、食事のあとでは音楽がききたくなるものだな、とおもった。

ミツバチたちは、もうみんな巣箱にはいってねてしまったのか、はねのうなる音もきこえない。

空に星が、またたきはじめていた。

クラリネットが、両手でクラリネットをつきだして、

「あれ、見ろ、ふたご座が、あんなに光ってらあ。ここから見る星はでかいだろ……」

かれはクラリネットをもったまま、上半身をのけぞらしていって、星の名をつぶやいた。

「山ねこ・大くま・りょう犬……おい上を見ろ。牧場のおまえがやってきたから、まんまうえに、大きな牛飼が光ってるだろう。牛飼ってきれいな星さ」

モミイチはどれが牛飼かわからないので、ウンウンと、わかったようなわからないようなへんじをしていると、クラリネットは、かたてでクラリネットをつきだして、

「おいこの中をのぞいてみろ、おれが牛飼のほうにむけてやるからな」

二人は草のうえにねころんで、空をあおいでいた。

35

草のうえにねころんだまま、クラリネットから星のせつめいをきいているうちに、モミイチはいびきをかいてねむりだしていた。

クラリネットも、ならんでねてしまった。

モミイチは、ふと目をさました。深いねむりのなかから目をさましたので、いまじぶんがどこにいるのかわからなかった。あたりはまっくらであった。

まうえの空に、星がいっぱいかがやいていた。

ああ、そうだ、じぶんは草のうえにねているのだ、とおもって横を見るとクラリネットがクラリネットをだいたまま、半分口をひらいてねむっていた。

モミイチは夜があけるまで、もっとねようとおもって、しばらく空を見ていた。

空からきゅうに花火がふるように、ながれ星がいっぱいふりだしてきた。ながれ星がいっぱい夕立のようにふりだしたのであった。

(ああ、あんなにふると天の川がなくなってしまう)

空が青白くけむるようにながれ星がふっているのを見て、モミイチは、もういきがつまるようであった。

そのとき、空のかなたからツキスミの走る蹄の音がきこえてきた。

(ああ、夜光虫の光っていたアンボン島のなぎさでツキスミにのった時は、星の海のなかを走っていたようだった。ホタルのような光の粒が、タテガミやシッポにもはねあがっていたっけ)

モミイチは、夕立のような流星群のなかを、ツキスミが星くずをけちらしながらちからいっぱい走っているのではないかとおもった。ツキスミのけちらした星くずが、流星群になってこぼれちっているのではないだろうかと、星のなかにツキスミのすがたを一心にさがしつづけていた。

36

ながれ星を見ているうちに、またもモミイチはねむってしまった。

こんどは、夜あけの小鳥のコーラスで目をさました。クラリネットもモミイチもテントにはいらずに、草のうえにねて夜をあかしてしまった。

まだ太陽がでないのに、小鳥はうたい、ミツバチは、もうしごとにでかけていた。マツムシソウのまだねむっている花びらを、ミツバチが「もう朝です、おきなさい」とひとつひとつ訪問してまわって、ゆりうごかしているようであった。

朝のそよ風がふいて、マツムシソウの花とくきが、しなやかにゆれる。

モミイチは大きくのびをして、草のうえにたちあがった。ジプシーのクラリネットはまだねている。きのうからのことは、なにもかも夢ではなかったのだ。

お花畑のむこうの空がバラ色にそまってきた。もうすぐ太陽がでるのだろう。

モミイチはおもいだした。そうだ。こんな朝だった。ツキスミをつれて草をたべさせにいったっけ、馬たちはたてがみをふっていななきをし、ブルブルブルと声をだして首をふったのだ。

いびきをかいてねむっていたクラリネットが目をさまして、三、四回つづけてくしゃみをした。それからすっくと立ちあがると、クラリネットを口にあててふきならした。

美しい曲の流れが朝風にのってバラ色の空へまいあがっていった。

37

モミイチはクラリネットにおれいをいって、ひとまず炭やきがままでかえることにした。

もっともっとおおくのジプシーにあって、いろいろの話をききたかったけれども、もしも牧場のひとが心配してはいけないとおもって、かえることにしたのであった。

クラリネットはモミイチに、

「もうおまえは、ここへくる道をおぼえたのだから、これからもちょいちょいあそびにこいよ。またほかのなかまに、しょうかいしてやるからな。といってもだな、おまえさん、こんどいつくるかしれないが、おれがこのシラカバのしたにいるとはかぎっていないぞ。おれたちはふうらいぼうだからな。花から花へミツバチといっしょに花の旅をしているからな。まあジプシーのなかまさえ見つかりゃ、きいてくれればわかるだろうよ」

「クラリネットのいい音楽きかせてくれたり、おもしろい話をきかせてくれたり、ごちそうになって、いろいろありがとう」

モミイチがおれいをいうと、クラリネットは「そこまでおくっていってやろう」と、シャクナゲのさいている斜面のところまでおくってきてくれ、手をふってわかれた。

かえる道みち、モミイチの頭のなかは、ジプシーのことでいっぱいであった。

「——うん、これから、ちょいちょいでかけていって、いろいろなジプシーにあってやろう。いろいろおもしろい話をきかしてくれるにちがいない。ツキスミの話だって、しっている者がいるかもしれないぞ。おれもこんどジプシーの市場で、なにか楽器を買って、音楽をおそわらないことには、ジプシーたちのまえで、かたみのせまい気持がする」

モミイチは、ブツブツブツブツひとりごとをいいながらあるいていた。

38

モミイチは炭やき小屋へかえっても、牧場へかえってからでも、ジプシーのことばかりかんがえつづけていた。

山のなかを旅しながら、あのように、のんきに、そしてたのしそうにくらしているのを見ると、モミイチもまねをしたくなってきた。モミイチは牧場のくらしもすきで、モミイチにとっていやなことはすこしもないのだが、ジプシーのほうが牧場のモミイチよりも、もっとのんきそうにおもわれた。

モミイチは牧場のだれにもジプシーのことは話さなかった。もしその話をすれば、

「またモミイチの頭がおかしくなった」

といってばかにされそうにおもったからであった。

モミイチは、こんどジプシーのところへでかけるときには、なにか楽器をもっていかないとはずかしいとおもった。モミイチはアンボンでアンコロンを鳴らしたことはあったが、うまくできなかった。うたをうたうことだってだめだった。モミイチははずかしがりやなので、ひとのまえで大声でうたった経験はなかった。

「――おれは音楽ができないから、ジプシーのなかまいりはできないかな」

と、ちょっとさびしそうな顔つきをした。

そのとき、おまえは「チェレスタだな」とクラリネットのハチカイがいったことをおもいだした。

「そうだ、チェレスタのこと、もっとくわしくきいておけばよかった」

モミイチは、くわしくきいてこなかったことが、ざんねんでならなかった。

39

「チェレスタってどんなものかしらないかい？」

モミイチは牧場のひとぜんぶにきいてまわったが、だれもしらなかった。

ふもとの村へおりて、学校の先生にきけばおしえてくれるかもしれないとおもったが、モミイチは、わざわざたずねていくのもはずかしくて、でかけてはいかなかった。

モミイチは、草かり、牛のえさつけ、わらきりなど、毎日しごとをしたり、しごとのきゅうけいのときに、ジプシーのことをいろいろかんがえているうちに、牛の鈴のことをおもいだした。

「――おれは楽器を鳴らすことはできないが、うつくしい音（ね）の鈴ならつくることができる。ようし、鈴をつくってやろう」

その日からモミイチは、手のすいたときには、かじ屋のしごと場へいって、ふいごで火をおこして鈴をつくりはじめた。鈴のかたちをつくるのはかんたんだったが、よい音のなる鈴をつくるのはなかなかむずかしかった。モミイチはけんきゅうしながら、いっしょうけんめい汗をながして、鈴ばかりつくりにかかった。

牧場のひとたちは、

「モミイチは鈴ばかりつくっているが、あいつはやっぱり、戦争にいって船がしずんだときに頭をうったので、頭がおかしくなっているのではないだろうか？」

などとうわさしあっていた。

モミイチはけんきゅうしながら、一心に鈴をつくっているうちに、とってもうつくしくすみきった音の鳴る鈴をつくりだすことができるようになった。

牧場のひとたちも、その鈴の音に感心しておどろいた。牛たちもしずかに耳をすましてききいっているようであった。

40

ある日、モミイチは炭やき小屋へいってくるといって、ふいにでかけていった。

小屋へつくと、午前中、木をきった。

それからかれは、とっとと山のなかへはいっていった。かれはちいさなふくろをせなかにせおっており、そのふくろのなかには鈴をたくさんいれていた。

まえに一度とおったことのある道を、かれは歩いた。顔にかかるくもの巣をはらいのけ、じゃまをするイバラやツルは、ナタできりはらった。

やっとシャクナゲの斜面にでた。

これをのぼりきればマツムシソウのお花畑だとおもって、モミイチはかけのぼっていった。

上までいったひょうしに、「あっ」と声をあげた。きつねにでもばかされているのではないかとおもった。

このあいだきたときには、見わたすかぎりにむらさき色のマツムシソウがさいていたのに、こんどは見わたすかぎりピンク色のお花畑になっていた。よく見ると、それはコザクラソウであった。

「いつのまに、マツムシソウがコザクラソウにかわったのだろうか」

モミイチはじぶんの目をこすってみた。このあいだクラリネットは、山の花がさきかわることも話していたようだった。じぶんのいる牧場の山だって、いまキスゲの花がすそのほうで満開だとしても、一週間もすると、すそのほうはなくなってしまって、山の上のほうでさくことがある。

もうここではマツムシソウの季節がおわってコザクラソウの季節になったのだなあと感心した。

見わたすかぎりピンク色のカーペットをしきつめたようであった。

41

コザクラソウのお花畑のうえをモミイチはどんどんあるいていった。

このあいだ、クラリネットがテントをはっていたシラカバの林までいってみようとおもった。

シラカバの林につくと、ハチの巣箱もテントもなかった。

モミイチは、このあいだここへきてクラリネットをきかしてもらったり、ごちそうになったり、ひと晩草のうえにねたことは、じぶんの夢だったのか、あるいはなにかむかしのおもいちがいをしていたのだったかしら、と首をかしげてみた。

このあいだのことは、やっぱり夢やおもいちがいではなかった。

そのしょうこに、二人がこしかけて話しあったシラカバのベンチが、そのままにおかれていた。

「せなかがかゆくなったときは、ここにすわって、こういうぐあいにしてせなかをこするといいのだ」

とクラリネットがおしえてくれたことをおもいだして、モミイチはべつにせなかがかゆくもなんともなかったが、草にすわってせなかをこすりつけてみた。

このあいだの夜、たき火をしてスープやお茶をわかしたり、鹿の肉をやいてたべたが、そのたき火をしたあとの土の色が黒くなっていた。

(やっぱり夢とはちがう、クラリネットはつぎのお花畑へひっこしていったのだ)

モミイチは、もっと山の奥へいってみることにした。せなかのふくろから鈴をだして、鈴を、首にも、こしにも、両うでにも、むすびつけた。こうすれば、あるくたびにうつくしい鈴の音がなるだろう。クラリネットかジプシーのだれかが、この音をきいてむかえにきてくれるかもしれないとおもったからであった。

42

あるくたびに鈴がなった。

鈴があたりの空気をふるわし、草原やかん木の花をふるわせた。

クラリネットは、いったいどこへいったのだろう？　ハチの巣箱が三十もあるのだから、あまり一度にとおくへはいけないはずだ。

このあいだの広っぱに、コザクラソウがあんなにきれいにさいているのを、クラリネットはしらないのだろうか？　もっともっとたくさん花のさいているところがあるのだろうか？

モミイチは、ずんずんあるいていくうちに、大きなかん木の林につきあたった。白いコメツブのような花がいっぱいさいて、ほのかににおっていた。

かん木の下には、ウサギか鹿のとおり道のように、ちいさな道がついていた。モミイチは、くぐるようにしてはいっていった。かん木の林のなかの小道は、あみの目のようにいくつにもわかれていて、どちらへでもあるいていくことができた。モミイチは、まっすぐまっすぐあるいていった。せまい小道なので、かん木の枝がふれて、白いコメツブのような花がモミイチの首すじにはいってくるので、こそばゆかった。

モミイチはかえるときに道をまちがえてはいけないとおもって、もってきた鈴をところどころのかん木の枝につりさげておいた。風がふくと風鈴のように鳴った。この音をたよりにすれば、かえり道にまようことはないだろう。だいぶ長いあいだかかってかん木の林をとおりぬけた。顔や首は汗だらけで、白いちいさな花がいっぱいへばりついていた。

やっとかん木の林をぬけると、草原があって、ほそいながれがあった。

43

（これはありがたい）

モミイチは草原にうつぶして、ながれのつめたい水をのんだ。それからシャツをぬいで、からだの汗をふいた。首すじからはいった白いちいさな花が、へばりついているからである。

汗をふいて気持よくなると、モミイチは草原のうえにねころんだ。

目をとじると、せせらぎと、草の葉のそよぐ音と、かん木の林のなかの鈴のゆれる音が、きこえてきた。

モミイチはほんのすこしねむったかとおもった。

モミイチは、夢のなかでうつくしい音楽をきいたようであった。

モミイチは、夢のなかで音楽をきいていることに気がついた。

夢だと気がついたのに、その音楽はまだきこえていた。

モミイチは目をあけた。モミイチの顔に、木の葉をもれた日の光があたって、まぶしかった。

（おや、まだ夢を見ているのだろうか？）

モミイチは草原のうえにからだをおこして耳をすました。

ほんとにきこえるのだ。うつくしい楽器を鳴らす音が、すぐちかくできこえてくるのであった。モミイチは目をこすりながら、あたりをキョロキョロながめまわした。

ちかくに大きなクルミの木があって、こんもりと葉をしげらせていた。クルミの木のこずえのほうから、ヴァイオリンの曲がながれてきているのであった。

モミイチはたち上がって、クルミの木の下へかけよった。そして上をながめると、おかっぱの少女が、木の枝に腰をかけてヴァイオリンをひいていた。からだぜんたいで調子をとりながら、かろやかに弓をうごかしていた。

（木の上で少女がヴァイオリンをひいているなんて）

モミイチはおどろいて、少女のすがたをながめていた。ヴァイオリンはかろやかなたのしい曲をかなでていた。

44

ヴァイオリンの少女が木からおちないだろうかと、モミイチは心配であった。少女は片足の先をクルミの木の幹にちょっとかけていて平気であった。

ヴァイオリンを一曲ひきおわると、少女は弓をもったほうの手でポケットからハンカチをだして、ひたいの汗をふいた。それからモミイチのほうを見た。モミイチがクルミの木の下にいるのを、もうさっきからしっていたようすであった。少女はまるい大きな目を、いたずらっぽく見はっていた。からだはやせぎすであった。

モミイチは、きゅうのことで、なんといえばいいのかわからなかった。この少女もヴァイオリンなんかひいているから、ジプシーのなかまだな、とおもった。

モミイチはだまっていてもへんなぐあいなので、声をかけた。

「――いまのヴァイオリンの曲はなんだね？」

「――《オカイコのポルカ》よ」

少女は、はにかみもしないですぐにこたえた。

「――きみはジプシーだろ？」

「――そうよ」

「――ハチカイなのかい？」

「――ちがうわ、あなたはハチカイ？」

「――ちがう、おれは牛飼い。それからかじ屋だ」

「――わたしは、オカイコよ」

「――オカイコって」

「――オカイコってしらないの」

「――オカイコって桑の葉っぱをたべて、マユをつくるカイコのことだろ？」

「――そうよ」

「――じゃ、どこに桑畑があるのだい？」

「——桑畑なんかなくったっていいわ、やっぱりあなたはしらないのね」

少女はクルミの枝をつたって、下におりてきた。

45

「おしえてあげようか」

少女はおりてきて、片方にヴァイオリン、片方に弓をもった手を、両わきにあてて、ちょっとなまいきそうなかっこうをした。しかしまるい大きな目は、いたずらっぽくて、からだぜんたいのしぐさが、たいへんあどけなく見えた。

「ふつうのオカイコの種類は、桑の葉っぱでそだてるのだけれど、わたしたちのかっているオカイコの種類は、ふつうのとはちょっとちがうの。あなたはエリー種のオカイコしっているでしょう？」

「——エリー種も何種も、カイコのことはまるっきりしらないんだ」

「——エリー種って、野生の麻(あさ)の葉っぱなぞたべるオカイコがいるのだけど、わたしたちのはね、もっとちがった習性の種類なの。このあたりの山や森に、いくらでもいるのよ。ゲンミツにいえばオカイコでなく蛾(ガ)の一種かもしれないけど」

「——やっぱり桑の葉をたべるのかい？」

「——いいえ、気にいった葉っぱなら、なんでもたべるの。これといってきまってないけど、草の葉っぱだってたべるの。でも、そこのコメツブシロハナの葉っぱが大すきらしいのよ」

少女は、さっきモミイチがくぐりぬけてきたかん木の林をゆびさした。

少女の説明では、彼女の一家はコメツブシロハナやそのほかの植物にひっついている野生のカイコのマユをあつめて、マユをたいて糸をつくったり、糸から布をおったりするしごとであるといった。桑の葉をやってカイコをそだてるのとちがって、マユをさがしてつんでまわればいいのであった。

「——ねえ、牛飼さん、あなたがコメツブシロハナの林のなかに鈴をつりさげたのでしょう？」

「そうだよ」

「やっぱりだわ。それで、わたし、鈴の音をつたってここへくると、あなたが草原でねむっているのよ。わたし、鈴ひとつほしかったの。それであなたのおきるのを、まっていたのよ」

46

「——わたし、鈴ほしいわ」

「——鈴はあげるけれど……」

「——じゃ、わたし、ヴァイオリンをひいてあげるわね」

ヴァイオリンをひいてほしいことはひいてほしいけれど、まだヴァイオリンをひいてくれともいわないのに、少女は早合点(はやがてん)しているのであった。モミイチは、クラリネットやジプシーのことを、もっといろいろときききたかった。でもいいだろう、ヴァイオリンをきいてから、そのことはまたきけばいいのだ。

「——なんの曲がいいかしら?」

少女はヴァイオリンをあごでおさえて左手でささえてから、モミイチの目を見た。大きなひとみであった。

モミイチは、どんな曲があるのかさっぱりわからないので、だまっていた。

「《チゴイネルワイゼン》がいいかしら、それとも《アンダンテカンタービレ》?」

モミイチは、そのときとっさに、

「さっきのオカイコのなんとかいうやつをたのむよ」

といった。

「ああ、《オカイコのポルカ》ね」

少女はちょっとからだを左右にふってはずみをつけてから、きどったかっこうでひきだした。

モミイチは、クラリネットもうつくしいがヴァイオリンもうつくしいなと感心した。少女の弓のうごきを見ていると、目まぐるしいくらいであった。少女は全身で調子をとりながら、もうなにもかもわすれているようであった。ヴァイオリンをひくことが、たのしくてたまらないといった表情であった。

47

少女はひきおわると、ハンカチをせせらぎでぬらして、汗をふいた。

モミイチは、少女のヴァイオリンがほんとうは上手なのかへたなのかしらなかったが、とってもうつくしいのに感心してしまっていた。なんとかほめようとおもったが、どうほめればいいのか、うまいぐあいにことばが見つからなかった。

「――こんな林の奥へヴァイオリンさげてきて、なにするつもりだ?」

とボソボソといってしまった。

コメツブシロハナの林のなかをくぐって、少女がヴァイオリンをもってやってきたのが、モミイチにはふしぎであった。それに、わざわざクルミの木の高いこずえにのぼるのにヴァイオリンはじゃまになるはずであった。

「——ヴァイオリン？　わたし、すきなのよ」

すきなら家のなかか家の近所でひいたらいいのに、と、モミイチはおもった。

少女はモミイチの目を見ていて、きゅうにニコッとわらった。

「——おもしろいもの見せてあげるわ。なぜヴァイオリンをもちあるいているかわかってよ」

少女はクルミの木の下へかけよって、ちいさなかごをとってきた。これ見てごらん、というふうにさしだすので、なかをのぞくと、長さ三センチばかりのカイコのような虫が、五、六ぴき木の葉といっしょにいれてあった。少女はかごのなかからカイコのような虫をとりだして草のうえにならべた。

「これ、オカイコよ」

「オカイコだってことはわかったけれど、それがどうしたの？」

モミイチは、少女にちょっとばかにされているのではないかとおもった。

48

少女は、カイコをならべた草の横に、足をなげだしてすわりこんだ。そしてモミイチにもカイコのちかくにすわるようにと、目であいずをした。

少女はヴァイオリンの胴をあごにあてて弓をかまえると、カイコのそばへちかづけてしずかにひきはじめた。

モミイチは、いったいなにをするのだろうかと、ふしぎにおもっていたが、少女の目がカイコにばかりそそがれているので、モミイチもカイコを見た。すると少女のヴァイオリンのしずかな音につれて、五ひきのカイコがいっせいにしずかに頭をもちあげてきて、そして左右にしずかにからだを大きくゆりうごかしはじめるのであった。カイコのからだのうごかしかたは、少女のヴァイオリンのリズムに調子をあわせているかのようであった。

やがて、ヴァイオリンの《オカイコのポルカ》の曲が急テンポに鳴りだすと、カイコたちは首をそろえてくるくるまわしたり、そりかえってトンボがえりをうったりした。ポルカの曲に合してほんとうにカイコたちがおどっているかのようであった。

モミイチは、あっけにとられてながめいっていた。

やがてポルカの曲がしずかになると、カイコたちのうごきもやっとゆるやかになり、少女がひきおわって弓をはずすと、カイコたちはまっすぐになって草の葉のうえにのびてしまっていた。おどりつかれた人間が草原のうえにゴロリとねころんでいるようなかっこうであった。

「カイコのダンスなど、どうして教えこんだの？」

モミイチは感激して、せきこんでたずねた。

49

「――べつにおしえるってほどじゃないんだけど……」

少女はおとなのようなことばづかいをして、すました顔で説明をはじめた。

あるとき、カイコのそばでヴァイオリンをひいていると、そのなかの一ぴきが、からだをゆりうごかしておどるようなかっこうをはじめたのであった。そのかっこうがおもしろいので、ヴァイオリンをちかづけ、急テンポでひくと、いっそうそのうごきがはやくなった。彼女はおもしろくてたまらなかった。彼女は、それからおどりのできるカイコをさがしてまわった。なん百ぴきかのうち一ぴきぐらいは、ヴァイオリンの曲をきくとおどりだした。

オカイコのダンスはジプシーのあいだで有名になってしまった。

少女はおまつりのときに、オカイコの見世物をだすつもりでいた。

見物人をあつめて彼女はヴァイオリンをひき《オカイコの大舞踏会》を見せるつもりであった。

一ぴきだけのソロのおどりや、二ひきいっしょのデュエットなど、それぞれ曲目をかえてけいこをした。ぜんぶのオカイコ三十ぴきそろえて《ウィーンの森の物語》をおどらすつもりでたのしんでけいこにはげんでいた。

ところが、おまつりがちかづいたころから、オカイコはきゅうにおどらなくなってしまった。

少女は心配した。せっかくの舞踏会ができなくなるので、気が気でならなかった。少女の心配にもかかわらず、いっこうにおどるけはいはなかった。それどころか、木の葉もたべなくなり、うごきがのろまになってきた。

カイコたちは、やがてマユをつくりはじめたのであった。

50

少女はそれからまた、おどるオカイコをさがしまわっているというのであった。

モミイチは腰にさげた鈴をひとつはなして少女に手わたした。少女は耳のそばでふってからニッコリとして「ありがとう」といった。

「――ハチカイのクラリネットは、どこへいったか、ごぞんじないでしょうか？」

モミイチは、おとなに話すようなことばつきで、きいてみた。

「――ハチカイのクラリネット。そうね、いまどこにいるかしら。いまはコザクラソウもキンバイも、コマクサもウルップソウもほうぼうで満開だから、さあ、どこへいっているかしら。うちへかえれば、にいさんがしっているかもしれないわ。いっしょにうちへいきましょう」

少女は片手でヴァイオリンをさげて、さっさとコメツブシロハナのかん木のほうへあるきだした。モミイチは、あとについていった。

コメツブシロハナのかん木のなかをくぐっていって右へおれたり左へおれたりして、あみの目のような道をたどっていくと、やがてかん木の林をでてしまった。

牧場のような草原があって、そのむこうにモミの林があった。

モミの林のかげにテントが五つほどかたまっていた。クラリネットのテントとおなじようなかっこうであった。モミの林でヤブウグイスの鳴いている声がきこえた。

「──にいさん、いればいいんだけど」

少女はテントにむかって走っていった。

51

少女は、ひとつのテントをのぞいてから、モミイチにいった。

「──だめだわ、にいさんマユつくりだわ」

「──マユつくり？　おしごとですか？」

少女は、声をあげてわらいだした。

「──おしごとといえばおしごと、にいさんならしごとだっていうのだけれど……」

「──どうしたのです？」

モミイチはたずねた。

「これ見てごらん」

少女がテントの入口をゆびさした。

モミイチがのぞきこむと、テントのなかには、マユがいっぱいつみあげてあるだけで、ひとのすがたは見えなかった。そのテントは、マユの倉庫に使っているのか、マユのほかなにもなかった。いやひとつだけ、大型のヴァイオリンと弓だけが、テントのかべにもたせかけてあった。

「――だれもいないじゃないか」

モミイチは、ばかにされているような気がして、おもわずつぶやいた。

少女がクスクスとわらった。

少女はじぶんのヴァイオリンの弓のさきを、マユをつんであるなかにちょっとつきさした。するとそのひょうしに、マユの山が大きくゆらいだ。モミイチはびっくりした。

少女の兄はマユをスッポリ山のようにかぶってねているのであった。

「――マユつくりだなんていうから、しごとをしているのかとおもったら、ねているんですね」

「――ここで話をすると、マユつくりのじゃまになるから、むこうへいきましょう」

少女が小声でいった。ふたりはテントからはなれたところへあるいていって、草原のうえにすわった。

52

「にいさんたらね、おひるねのことをマユつくりだなんていうのよ」

「それはいったいどうしたことです?」

「――にいさんはね、ヴィオラをひくほかに作曲をすることがすきでね、とくいなの」

「ヴィオラって?」

「いま、テントのなかにあったでしょ?」

「ああ、きみのヴァイオリンよりもっと大きいの?」

「あれがヴィオラよ。おかあさんのチェロはあれよりももっと大きいの。ヴァイオリンとおなじ形だけど。そしてね、おとうさんのコントラバスは、もっともっと大きいのよ。すわったままなんかひけないわ。たたなくっちゃ……いいでしょ、わたしの家では四人で弦楽四重奏ができるのよ。すばらしいとおもわない?」

モミイチは、音楽のことはさっぱりわからないので、ただあごをふってうなずいてみせるだけであった。

「マユつくりってことはね……」

少女はじぶんよりも大きいモミイチにむかって学校の先生がおしえるような口調で、ゆっくりとつぎのようなことの説明をはじめた。

兄は毎朝はやくおきる。夏のこのごろであれば、四時ごろである。まだ太陽はでない。夜とおなじくらさである。そのころにいっせいに小鳥や中鳥たちがさえずりはじめる。小鳥や中鳥たちの朝の日課のコーラスで、鳥の声もいろいろさまざまであった。ホトトギス、ブッポウソウ、ウグイス、ツグミ、オナガ、アカハラ、ホシガラス、アマツバメ、ウソ、ビンズイ、ミソサザイ……兄は鳥のコーラスに耳をかたむけた。なん種類もの鳥の声をききわけることができるのであった。小鳥たちはやがて、夜あけの光が霧のように林のなかににじみだしてくると、一日のしごとのためにねぐらをあとにしてとびたっていくのであった。夜あけまえのひととき鳴きさえずると、林のなかはまたしずかになるのであった。

53

兄は小鳥の声をきいて《小鳥の交響曲》を作曲するつもりであった。

しかし夜があけると、カイコかいや、そのほかくらしのためのいろいろのほかのしごとがいそがしかった。それで午後三時ごろになって、やっと手がすくと、それから作曲にかかるのであった。しかし作曲にかかるまえには、しずかに曲のテーマについてかんがえなければならなかった。

兄はオカイコがうつくしい絹のほそい糸を口からつぎつぎにはきだして、そしてやわらかく光ったやさしくうつくしいほそい絹でじぶんのからだをつつみこんでしまうように、作曲するときには、うつくしいこと、やさしいことばかりを頭にうかべて、オカイコのようにやさしくうつくしいおもいでじぶんのからだをとりまいてつつんでしまいたいと、それればかりかんがえているのであった。兄はそれを《わたしのマユつくり》と呼んでいた。

しかし兄は、朝はやく、くらいうちからおきているので、作曲するためのマユつくりをしていると、うつくしい音楽のテーマが頭にうかびだしてくるころには、その音楽のテーマが子守唄のようになってかれのたましいをフワフワとねむりの国へさそいだしてくれるのであった。かれはねむりの砂をかけられたように、そのときは、もはや鉛筆をとって五線紙におたまじゃくしを書きつけるのは、たいへんこんなんなことになってしまっていた。

かれはむぞうさにテントのなかのマユの山をからだのうえからかむり、まるでじぶんのはきだした、うつくしいやさしい絹でまゆをつくったようなつもりになって、ねむりこんでしまうのであった。

《マユつくり》とは、けっきょく《兄のひるね》という意味とたいしてかわりがないようであった。

54

「さあどうしましょ」

少女はゆびをほおにあて、首をかしげ、モミイチの目をのぞきこんだ。

「――いいんです。おにいさんはおこさないようにしておいてください」

「だいじょうぶです。ちょっとぐらいつついても、おしても、なかなか目をさましたりはしません。おかあさんは、ジャムをつくるグーズベリーをとりにいっているし、おとうさんは水車だし、にいさんのおきるのは、いつのことかわかんないし、水車へいけば、いつものひとたちがあつまっているから、ハチカイのクラリネットもわかるとおもうわ。わたしついていってあげるといいんだけど、おかあさんのグーズベリーとりのおうえんにいかなければならないし……」

「——ぼくひとりでいきます。水車の方向さえおしえていただければ……」

「あんないしてあげられなくて、わるいわ。じゃ、すみませんが、ひとりでいってちょうだい。このモミの林のなかの道をとおりぬけて、一本道をまっすぐにいくと、ハシバミの林があるのよ。ハシバミの林のなかをまっすぐにいくと、とちゅうで道がふたつにわかれて、いっぽうの道には、大きな木がたおれて道をふさいでしまっているのよ。それでね、ふさがっているほうの道をいくの。すると、またふたつにわかれているの。それを左のほうにいくの。しばらくいくと、サルノコシカケがいくつもかさなってくっついたクリの木があるから、そこからまえをながめると、大きなシラベの木が見えるのよ。そのシラベの木をめじるしにどんどんあるいていくと、ひとりでにいけるわ。そのとちゅうに、キベリタテハチョウやクジャクチョウが、いっぱい舞っている原っぱがあるのよ」

「——ありがとう。それだけきけば、だいじょうぶなような気がするよ。ありがとう。おじょうさん」

「——うつくしい鈴をありがとう、ウシカイさん」

　少女は鈴をふってさよならをした。

55

ハシバミの林のなかをモミイチは腰の鈴を鳴らしながらあるいていった。大きな木がたおれているのをのりこし、つぎの道を左へとり、やがて原っぱへでるところにクリの木があった。クリの木の下のほうには、少女がいったとおりに、サルノコシカケがいっぱいついていた。

モミイチは、そこから大きなシラベの木がどこにあるかながめようとした。モミイチは目じるしのシラベの木を見つけようとしたしゅんかん、頭のなかにかすみがかかってめまいがおこったように、からだがグラグラしてくるのをかんじた。

「おや、おかしいぞ、どうしたのだ？」

モミイチは、両足にちからをいれて、土をしっかりふみしめてみた。目のまえに霧がおしかけたように、なにも見えなかった。目じるしのシラベどころではなくて、草原も空も見えなかった。霧が風にふかれて、たつまきのようにぐるぐるまわっているのであろうか。木の葉か花びらがうずをまいてとんでいるのであろうか。それとも煙がたちこめているのであろうか。モミイチはおどろいてその場にたちつくしていた。

しばらくながめているうちに、やっとモミイチはその霧のような煙のようなものの正体をはっきりたしかめることができた。

花びらでも木の葉でもなかった。キベリタテハとクジャクチョウの大群が、風に舞いちる粉雪か花びらのように、うずをまいてとびかっているのであった。

56

（きょうはチョウのおまつりでもあるのかな？）

モミイチは、ちょっとそんなことをかんがえてみたが、チョウのおまつりなんてあるはずはない。オカイコの少女がチョウがいるとはいっていたが、まさかこんなにいるとは、おもわなかった。まえに巣箱をはなれたミツバチがむれているのや、アカトンボやオハグロトンボがいっぱいむれてとんでいるのを見たことはあるが、チョウがこんなにとんでいるのは、はじめてであった。

アンボン島にいたころ、ナツメヤシやビンロウジュの木の幹にコチョウランやカトレアがさいているのを見て、チョウがとまっているのかとまちがえたことがなんべんもあった。いま、チョウのむらがってとんでいるのを見ると、アンボンの林のなかのコチョウランやカトレアや熱帯の花たちが、気流にのってうずをまいているようであった。

カバシラやミツバチのむれがとんでいるときには、ハネの音がするのに、チョウのむれは、まるっきり音がしなかった。透明な紗(しゃ)の幕をすかして、豪華なドンチョウをながめているようであった。紗の幕のむこうに、コブシとリンゴの林がそれぞれの木に花をいっぱいさかせているようでもあった。

モミイチは、夢のなかのできごとのように、チョウのむれをながめていた。

が、とつぜん、モミイチの顔がきゅうにひきしまった。えものを見つけたりょう犬のように、かれは耳をたて、神経を集中した。

(きこえる、きこえる、あれこそツキスミの蹄の音だ)

モミイチの顔が、さっとあからんで、目がかがやきだした。

57

モミイチは、蹄の音のするほうへ、いまにもかけだそうとしていた。けれど、目のまえのチョウのむれがあまりにうつくしいので、もしかすると、これは夢のなかのできごとではないだろうかとおもった。そして蹄の音を注意ぶかくきいてみようとおもった。

たしかに蹄の音であった。それもツキスミ一頭きりであった。

（ツキスミが、こんな山の奥の原っぱにいたのか）

そうおもうと、目のまえのチョウのむれが虹のように光りだしてきた。

「あっ！」

しばらくすると、蹄の音はきこえなくなってしまった。

（はやくいかぬと、どこかへいってしまう）

モミイチは、走りだしていた。チョウのむらがっているなかをむちゅうで走りだした。

どんどん走っているうちに、霧がきえたように、チョウの気流のなかからぬけだしてしまっていた。とおくにシラベの大きな木が見えてきた。谷川がながれているのであろう。低くなったあたりに、長い林があった。

モミイチが走ると、腰にさげた鈴が鳴った。足もとには、コマクサやウルップソウがさきみだれていた。

谷川の林で、カッコウやブッポウソウが鳴いているのがきこえだした。

馬の蹄がとつぜんちかくできこえだした。モミイチは、ギョッとなって足をとめた。

谷川の林できこえるのであった。風にのってながれてきたのか、耳のそばできこえたようであった。

(ああ、こんなにハッキリ、まぢかで、きいたのははじめてだ)

58

水車はふかい谷底にあった。

こんもりと見えた林にたどりつくと、そこはふかい谷間になっていて、崖路(がけみち)をだらだらとおりるようになっていた。

ひとかかえもあるようなシラベが大きく枝をはって、幹や枝にはゼニゴケをつけていた。シラベとモミの大木が谷間いっぱいにひろがっていた。シラベの大木の白い幹とモミの木の大木の黒い幹とが、ちょうど半々くらいにまざりあっているのがうつくしかった。

モミイチは、だらだらと坂をおりかけたときも、蹄の音がきこえたような気がした。こんなふかい谷底に馬の走ることのできるような道があるのだろうかと、ちょっとふしぎな気もした。しかし、インドシナ半島にいたとき、メナム河のほとりのふかい木(こ)

立のなかに道があったことや、アンボン島のひるまもくらい林のなかに道があって馬を走らせたことをおもいだした。この谷間も下へおりると、河にそって馬の走ることのできる道がついているのであろう。

ツキスミは、つめたい水をのんで木々のあいだを気のむくままに走っているのであろう。じぶんのすがたを見つけたときには、どんなによろこんで走ってくるだろうか。あるいは、もしかひょっとすると、じぶんをわすれてしまっているのではないだろうか。ちょっと気がかりであった。しかしツキスミにかぎって、世話がかりのモミイチのことをわすれるなんてことはないはずだ。首のところを片手でたたいて、「オーラオーラ」とよびながら、片手のゆびでたてがみをすいてやると、きっとモミイチの肩に首をすりつけ、顔をグイグイとすりよせてくるはずであった。

モミイチは、ツキスミのすきなまんじゅうをもってきてやればよかったと、後悔した。

59

ふいに谷の底のほうから大砲のようなとどろきがこだましてくる音をききつけた。

モミイチは、とっさにすぐそばのシラベの大木のみきにからだをかくした。胸がどきどきと音をたてて鳴りはじめた。モミイチは一枚のぼろぎれのように、木の根元へちからがぬけてすわりこんでしまった。

(谷底から大砲の音がとどろいてくる)

モミイチは、夢を見ているのではないかとおもった。そうだ、じぶんはまだ戦場にいるのだ。それだからツキスミの蹄の音もきこえるし、大砲の音もきこえてくるのだ。じぶんが日本内地へ復員したと思ったのは、夢を見ていたのであった。まだ戦場にじぶんはいるのだ。

モミイチはそうおもうと、きゅうになみだがこみあげてきた。声をあげてなきたかった。モミイチは、ひたいに手をあててみた。またマラリヤの熱が高くなっているのかもしれない。じぶんはマラリヤの熱にうかされているのだ。まえにも、たびたびこんな経験があった。

しかしひたいをさわってみても、マラリヤの熱もでていなかった。

モミイチは、じぶんが夢を見ているのか、夢ではないのか、もっとおちついてみようと、じぶんにいいきかせた。

谷底の大砲のとどろきは、やっぱりつづいていた。

けれども、その音の調子は、日本軍の大砲とはすこしちがうようであった。アメリカの潜水艦がアンボン島を射撃しているのかともおもったが、それにしては、音がすこししずかすぎた。

60

大砲の音をきいてうろたえるな、というのは、むりな話であった。けれどもモミイチは、ちょっとうろたえすぎたことに気がついた。

どうかんがえても、夢を見ているとはおもえなかった。

モミイチは、耳をすましてみた。

大砲のような音はきこえていたが、砲弾がとんでいって空気をふるわすときのようなシュルシュルという音は、きこえなかった。地ひびきもしないようであった。よほどとおくでうっているのであろうか。

大砲の音のほかに、馬の蹄も、それからラッパの音もきこえるようであった。

ラッパの音は、日本軍のラッパとは音の種類がちょっとちがうようであった。どこかできいた楽隊のラッパににているようであった。マニラか、スラバヤの陸軍病院にはいっているときに、軍楽隊の演奏をきいたことがあるが、そのときの大きなラッパの音ににているような気がした。それから大砲の音も、なんだかききおぼえがあるような気がした。

（そうだ、ちいさいときにきいた村の秋まつりのたいこににている）

しかし、大砲が秋まつりのたいことおなじだというのは、おかしかった。やっぱりじぶんは夢を見ているのであろうか。それとも、ジプシーたちが谷間の村のなかで、アメリカインディアンのような連中と戦争をしているのであろうか。

たといジプシーの戦争であっても、もうすこしにぎやかにやかましいはずだのに、大砲の音もラッパの音も、それから馬の蹄まで、調子をそろえてたのしそうに鳴りつづけているようにきこえてくるのであった。

マニラかスラバヤの陸軍病院できいた軍楽隊の演奏にだんだんにてくるような気もした。

モミイチは、やっぱりマラリヤにかかって戦地の病院にいるのかな、ともおもった。マラリヤは高い熱がでたつぎには、ぐんぐんと熱がさがって、ひたいがじっとりと気味わるくつめたくなるのであった。そのときはフトンをなん枚もかぶせて、そしてともだちがおさえつけてくれても、がくがくと、ふるえがとまらないのであった。

61

モミイチは、なにがなんだかわからなくなってしまったが、とにかく、音の正体の見えるところまで、谷底へおりていってみようと決心した。そして、ここがアンボン島で、もしもアメリカ軍がいたとするならば、すがたを見つけられないようにしてにげださなければいけないし、アメリカ軍ではなくて、ジプシーが戦争しているのだとすれば、これにも見つかってはならないのだ。けれどツキスミのすがただけは、たしかに見とどけなくてはならなかった。できることならば、ツキスミをつれだしていきたかった。そしてゆっくりと、ひさしぶりに顔をすりつけあったり、首をたたいてやったり、ブラシをあててやったり、ツメのあいだのどろをおとしたり、あしをワラでこすってやったりしたかった。それから、ツキスミを牧場へつれてかえって、レタスのような牧場のやわらかい草を、腹いっぱいたべさせてやりたかった。すきなバナナをやることはできないが、まんじゅうか、おはぎもたべさせてやりたいとおもった。

モミイチはたちあがって坂をおりはじめた。シラベとモミの林は、ずいぶんひろかった。谷底までは、だいぶ道のりがあった。

やがて、ながれのほとりにでた。ながれにそって道が上流のほうにつづいていた。

ながれはゆるやかで、アカシヤににた白い花が浮いてながれていた。上流に白い花の林があるのであろう。

ながれにそってあるいていくと、水車の音がきこえてきた。さっきまできこえていた大砲のような音も馬蹄も、ラッパもきこえなくなってしまっていた。

やがてむこうに、水車小屋が見えてきた。小屋の手まえは、ひろい大きな平たい石で、テニスコートのようになっていた。小屋のまえには、大きなこんもりとした一本の大木があった。

62

こんもりとした大木は、トチの木のようであった。

よく見ると、トチの木の下に、五人の男がこしかけにすわっていた。それぞれ大きな楽器をもっているようであった。

馬のすがたなど見えなかった。

(馬小屋はどこにあるのだろうか、それとも馬つなぎ場は村のなかにあるのだろうか?)

モミイチはシラベの木にすがたをかくして、斥候(せっこう)がていさつするように、五人の男や水車小屋のあたりをながめた。

(やっぱりジプシーだ)

ジプシーであれば、なにもおそれる必要はなかった。じぶんは戦場の夢を見ているのではなくて、やっぱりジプシーのくらしている山のなかへやってきたのであった。だいぶはなれているので、五人の男の顔かたちははっきりわからなかったが、どこかで見たことのあるような気がしてならなかった。

インドシナ半島にいたときの中隊の波田(はた)准尉(じゅんい)や宮野(みやの)曹長(そうちょう)や萩(はぎ)軍曹(ぐんそう)にからだつきがそっくりのようであった。あとのふたりも、名まえはわすれたが、見おぼえのある兵隊であった。

(あのひとたちは、戦争がおわってからジプシーになったのかな?)

と、おもっていると、名まえをわすれた兵隊のひとりが、ラッパを口にあてたかとおもうと、上をむいて、
トテチテタ　トテトテ　チテター
と進軍ラッパのようなものをふきならした。すると、ほかの三人が、いっせいに、それぞれの楽器を鳴らしはじめた。ひとりのラッパのさきは、朝顔のように口がひら

いていた。ひとりのラッパは、ラッパのおばけのように大きかった。

(ああ、おもいだした)

さいしょにラッパをふいたやつは、中隊のラッパ手だったのだ。あいつは部隊じゅうで一番ラッパがじょうずであった。あいつが消燈ラッパをふけば兵隊たちはかなしくなってなみだがでるほどであった。

63

そのとき、ふいに、大砲の音が鳴りはじめた。

大砲の音がきこえたしゅんかん、モミイチはネズミトリのバネがはねるのとおなじすばやさで、地面のうえにふせっていた。むねがドキドキした。

けれども、なん秒かののちに、それが大砲ではなくて、たいこの音だと気がついた。モミイチは服についた土をはらいながら、いそいでたちあがった。

五人のなかのひとりがたいこをたたいていた。そのたいこは、とても大きく、軍隊の炊事場(すいじば)にある釜(かま)か高射砲隊の照空燈のような形をしていた。

モミイチは、ひとりでげらげらわらいだしていた。さきほどから大砲の音とおもったのは、この楽隊のたいこであったのだ。

（たいこの音にむねをドキドキさせるなんて……）

モミイチは、やはりシラベの幹にからだはかくしたまま、顔だけだして、五人の楽隊をながめていた。

ジプシーは、こんな山のなかで楽隊をやっているのかと、おどろいた。モミイチは牧場のふもとの村でも、こんなりっぱな楽隊を見たことはなかった。汽車にのってとなりの町へいけばブラスバンドがあった。

五人の楽隊は、マニラやスラバヤの陸軍病院にいるときにきいたようないさましい行進曲を演奏しているようであった。

モミイチは、この演奏がおわれば、すぐにもとびだしていこうとおもった。波田准尉や宮野曹長、萩軍曹に、こんなところであえるとは夢にもおもわなかった。モミイチはなつかしげに見いっていた。すると、とつぜん馬の蹄の音がきこえだした。

ツキスミだ！

モミイチは顔がまっかにほてってくるのが、じぶんでもわかった。

しかしまもなく、ツキスミの蹄の音とおもったのは二メートルほどもあるクラリネットのような楽器が、馬の蹄の音をまねて鳴らしていることが、はっきりわかってしまったのであった。

64

ジプシーたちの演奏が一曲おわるやいなや、モミイチはもってきただけの鈴をぜんぶあつめてふり鳴らした。

五人のジプシーが、いっせいにたちあがって、こちらをみた。

モミイチは鈴をふりながら、ながれにそった道を走りだした。

(波田准尉、宮野曹長、萩軍曹、それから名まえをおもいだせないが、ふたりの兵隊)

ひさしぶりでなつかしさのあまり、

ヨオー

と声をかけると、むこうでも、

ヨオー

といって、手をふってこたえた。

ラッパ手のやつが、口にラッパをあてたかとおもうと、

《カッカラッパ》を吹きだした。《カッカラッパ》とは、大将や中将や少将などの将軍に敬礼するときのあいさつのラッパであった。モミイチがとつぜんあらわれたので、うれしさのあまり、こんなじょうだんをしているのだとおもった。

モミイチが走ると、鈴がなった。

やっと顔が見えるところまでちかづいた。五人も、テニスコートのような大きい石のうえをあるいて、むかえにやってきた。五人の服装は、兵隊のときよりもこざっぱりしていた。

フィリッピン人のような赤い花もようのシャツを着ている者や、インドネシア人のようにトルコ帽をかむっている者や、スンバワ織のような色のうつくしい布のガウンを着ているものもいた。

「よくきた」「よくきた」みんなが手をさしのべてくれた。モミイチはその手をじゅんにひっつかむようにして、にぎった。

じゅんじゅんに手をにぎったのだが、ひととおり握手(あくしゅ)をしてから、あらためて五人の顔を見たしゅんかん、モミイチは、じぶんはたいへんはずかしいしっぱいをしたのではないかと気になりだした。そのしゅんかん、たちまちじぶんの顔が、ポーッとたき火のそばにいるみたいにあつくなってくるのをかんじはじめていた。

65

戦友！

五人のジプシーを戦友だとおもっていたのは、モミイチの大しっぱいであった。とおくから見たときには、五人ともおなじ部隊の戦友だとおもった。おなじ部隊といっても、インドシナ半島だったかアンボンだったか、それはおもいだせなかったが、とにかく中隊にいたことはたしかであった。さっき《カッカラッパ》だとおもったのも、どうやらちがったメロディを、かんちがいしていたようであった。モミイチは、顔をあげることができなかった。ところが、相手は平気であった。じぶんたちのジプシーなかまのふるいなじみであるかのような調子であった。

「――いい音がするじゃないか、その鈴をふらしてくれ」

「――おれにも、ふらしてくれ」

五人はめずらしそうに、モミイチの鈴をかりてふった。

すんだうつくしい音(ね)が、あたりの空気をふるわした。

「――この鈴、みんなにひとつずつやるよ」

「――ほんとかい？」

「――もらってもいいかい?」

みんな口ぐちによろこんで、お礼をいった。

モミイチは、やっと気がらくになった。

波田准尉ににた腹のでた男がいった。

「お礼に、いっちょうやるべい。……なにか鈴のはいるやつがいいな。さあ、なにがいいかな」

「いい曲をおもいつかなきゃ、トライアングルのかわりに鳴らしてみるべい」

ここにいる者は、わざといなかことばを使っているようであった。

「さあやるべい」

「なにをやるべい」

「《クツワムシとカネタタキとクイナのための行進曲》にするべい」

ラッパのジプシーが曲目をいうとみんなはさんせいしたように大きくうなずいた。

五人がそれぞれの楽器を手にとった。

66

波田准尉ににた腹のでた男は、大きな釜のようなたいこのまえにたった。

「でっかいたいこだな」

モミイチがおもわずつぶやくと、

「これはたいこじゃねえんだ。ティンパニというんだ」

とおしえてくれた。そしてついでに腹のでた男は、そこにある楽器の名をおしえてくれた。

モミイチはその男に、ティンパニとあだなをつけることにした。

モミイチがふつうのラッパだとおもっていたのがトランペットで、二メートルほどもある長いクラリネットだとおもったのがファゴットであった。さきほどはファゴットが、馬の蹄ににた音をふいていたのであった。そばでふいてもらうと、べつだん馬の蹄にはにていなかった。ラッパのおばけのように大きいのがチューバであった。ウズマキの管にラッパのついたホルンはやさしい音がした。モミイチは楽器の名まえをそれぞれのジプシーのあだなにすることにした。

「——おまえは、なにかやれるかい？」

ティンパニがたずねた。モミイチはだまって顔を横にふった。

「――じゃ、おれがあいずをしたときに、こうして鈴を鳴らすべい」

かれはモミイチに鈴を鳴らすようりょうをおしえてくれた。

「さあやるべえ、一、二、三！」

ティンパニがあいずをかけると、まずトランペットが鳴りだし、つづいてファゴットとホルンがそれにあわせて鳴りだした。

しばらくすると、チューバが、ほおをふくらましてチューバをふいた。ところがどうしたことか、空気がもれて、うまく音にならなかった。じてんしゃがパンクをしたときのような音であった。

「だめだ、だめだ、やりなおし」

ティンパニは、もう一度、

「さあ、一、二、三！」

とあいずをかけた。

チューバの番になると、またもや大きく空気がもれた。

67

宮野曹長ににた、せの高いちょっとひょうきんなチューバふきは、二回しっぱいして、風がぬけて、三回目にはやっと音が鳴った。それでどうやら《クツワムシとカネタタキとクイナのための行進曲》は、演奏することができた。といっても、とちゅうでなん回もチューバは音をはずしたり、風がぬけたりした。そのたびに、ティンパニはチューバの顔をじろりとみて、ストップしようかつづけてやろうかとためらっている気持が、正直に顔にでていた。けれども、チューバふきはいっしょうけんめいであった。じぶんのしっぱいで、ほかのひとにめいわくをかけてはいけないとおもって、一心にふめんをのぞきこんで、ちからをこめてふいていた。ひたいには汗がにじみでていた。

《クツワムシとカネタタキとクイナのための行進曲》は、オカイコ少女のヴァイオリンよりも、もっともっと音が大きくて勇壮であった。戦地できいた軍楽隊によくにたところもあるようであった。ちいさいときとなり町へやってきたサーカスのジンタににていて、さびしい部分もあった。

五人の演奏をみとれているうちに、ティンパニが、

「もうすぐ、おまえだべ」

といった。そして、すこししてから、

「ホイ」

といった。

モミイチはおしえられたとおりに、鈴をふった。

ホイ　ホイ　ホイ
といいながら調子をとってくれたので、そのとおりにふった。しかしそのうちに、もう「ホイ、ホイ、ホイ」といわれずに、ティンパニがあごをふっただけで鈴をふるようになった。モミイチはじぶんの演奏部分がどうやらぶじにおわると、ホッと大きく息をついた。胸がドキドキしていた。そして汗がタラタラながれはじめていた。

68

行進曲の演奏が一曲おわったところで、モミイチはからだをまっすぐにして、それから上半身をおりまげて、ていねいにおじぎをした。そして、

「どうも、ありがとうございました」

といった。

「——そんなにかしこまって、はあ、お礼なんかいわなくたっていいだべ」

チューバがいった。チューバのもののいいかたも顔つきも、中隊の宮野曹長によくにていた。宮野曹長は前歯のとなりの歯が一本ぬけていたが、チューバは、歯がぬけていなかった。復員してから歯をいれたのかとおもうぐらいであった。顔つきやもののいいかただけでなく、みぶりまでがそっくりであった。

「——おまえさん、鈴っこ売りかい？ 鈴さ売ってあるくべや？ おまえさ、はあ、いったいどこからきたべや？」

チューバがたずねた。

モミイチは、じぶんは鈴売りではなくて、牧場の牛飼いであることや、ハチカイのクラリネットをさがしているうちに、オカイコのヴァイオリン少女におしえられてここへきたことを説明した。

「——ハチカイのクラリネットをさがしているってわけだべな？ あいつは、きょうにでもここへきて、いっしょに演奏のけいこをするはずだったのだが、まだこないだべ。どこか花畑で、ひるねでもしてるだべ。日がくれて、星がでて、寒うなって、クシャミでもして目をさましゃ、ここへのこのこやってくるだべ」

チューバがいった。

「そうだべ、そうだべ。あいつのクラリネットがないもんだべ、おらのファゴットだけじゃ、曲はうまくやれねえべや。そいだで、おらたちもクラリネットのくるの、まっているだべ」

ファゴットがいった。

モミイチは、オカイコのヴァイオリンのおとうさんはだれだろうかとおもって、見わたしたが、だれもヴァイオリンもヴァイオリンのおばけのような大きい形のヴァイオリンも（モミイチはチェロやコントラバスの名をわすれていた）もっているものはいなかった。

だれがオカイコ少女のおとうさんかきいてみようかともおもったが、べつだんきかなければならないようじもなかったので、たずねなかった。

69

「みなさ、小屋さはいって、お茶でもやるべえ」

ティンパニがたちあがると、みんなぞろぞろと水車小屋へはいっていった。小屋の右はしに、屋根のないテラスのようなゆかだけを板ではったところがあり、大きなまるいテーブルといすがおかれていた。

みんなは、テーブルのまわりにすわった。

「――飲物は、なににするべや」

ティンパニが、一同の顔をみわたしていった。どうやらこの水車小屋の主人は、ティンパニのようであった。

口ぐちにがやがやと、飲物はなんにしようかと、みながしゃべりだしてまとまらなかった。するとファゴットが、

「おらたち、はあ、みなで五人だべ。牛飼いのきゃくをいれると、はあ、六人だべ。ニジの色はハア七色だべ。ニジのイロがこと、ミネラルつくってくるとよいだべ」

「――ニジのイロがことつくれば、はあ、一色あまるだべや」

とトランペットがいった。

「――ニジのイロがことつくれば、はあ、一色あまるだべや。そのぶんさ、おきゃくの牛飼いにやればいいだべ」

とホルンがいった。

モミイチは、なんのことかはっきりわからなかったが、じぶんになにかひとつよけ

いにくれるような話だとおもったので、

「あのう、おれも、みなとおなじにしてくれるべや」

と、ことばづかいをまねていった。

「――じゃ、ニジの色を六回つくってやるだべ。そうすりゃ、みんなおなじだけ飲めるわけだべ」

ティンパニがいった。

そうだべ――。

そうだべ――。

みんなよろこんで、ゆかをどんどんとけった。

70

「ニジ色のミネラルだ。どれでもすきな色とるだべ」

ティンパニが、ぼんのうえに七つのコップをのせてきた。ガラスコップには、宝石のようにすみきった七色のうつくしい液体がはいっていた。ティンパニのことばづかいは、波田准尉にそっくりだと、モミイチはおもった。ここにあつまった連中は、テインパニのことばつきをまねて使っているようであった。中隊にいたとき、波田准尉のまわりでしごとをする連中は、みんなじょうだんに波田准尉のことばづかいをまねたことがあったが、ここの連中も、それによくにているとおもった。

「まんず、おきゃくからとりねい」

モミイチは、どれも色がすみきってうつくしいので、どれをとろうかとまよった。あまりまよっていてもわるいので、

「これ、いっちょ、いただくべえ」

といって、ムラサキをとった。クラリネットとはじめてであったときの、マツムシソウの色をおもいだしたからであった。

「もういっちょ、とりねい」

とティンパニがいったので、モミイチは、ダイダイ色をとった。ファゴットやチューバやそのほかのものも、いっせいにごっつい手をだして、コップをとった。そしてうえをむくと、ゴックンゴックンとひといきに飲んでしまった。

モミイチは、のどがかわいていたためだけではなかった。こんなうまいものは、うまれてはじめてだとおもった。ひといきに飲んでしまっては、わるいような気がしたが、一気に飲んでしまった。

ムラサキ色をさきに飲んでから、ダイダイ色を飲んだ。ムラサキ色とダイダイ色は、味がちがっていたが、どちらもうまかった。

71

スラバヤで町を散歩したとき、市場に、インドネシア人がレモナードとよんでいる色のついた飲物が、ガラスのびんにはいってならんでいるのを見たことがある。いろいろと色の種類があった。モミイチは、マラリヤで熱がでたときにレモナードを飲んでみたいと、なんどおもったかしれなかった。病院では、そんなものは飲ましてくれなかったので、よけいにほしかった。

マラリヤのときに飲みたいとおもっていたレモナードを、いまはじめて飲んだような気がするのであった。

レモナードがどんな味かしらないが、このニジのミネラルのほうが、ずっとうまいのにちがいなかった。

第一に、色がすみきっていて、ずっとうつくしく、それにつめたくてちいさなあぶくがプツプツいっぱいわいてくるのだ。

コップに二はい飲むと、足のさきから腹のなかのあちこちまで、チクチクと気持よかった。チクチクと気持よいといえばおかしいが、ミネラルのあぶくがプチプチとはれつして、チクチクするようであった。そのチクチクがなんともいえず気持よかった。

「——このミネラルというのは、アメリカ製のぶどう酒け？」

モミイチは、ティンパニのことばづかいをまねて、たずねてみた。

「——ミネラルは酒でもぶどう酒でもないだべ。ミネラルは、ミネラルって水だべ」

ファゴットが、大声をだした。

「おら、ミネラルなんど、はじめてだべ」

モミイチがたまげたような声をだすと、みんなニコニコわらいだした。

72

ファゴットの説明によると——。

このあたりの泉からは、つめたい水が、ガッパコガッパコとふきだしているが、つめたいふつうの水をふきだす泉のほかに、ミネラルをふきだしている泉があるというのであった。

「ムラサキ色や、ダイダイ色や、赤や、青や、みんな泉の色はちがっているのけ。おったまげるべや」

モミイチがこころの底から感心したような声をだしていうと、みんなわらいだした。

「泉の色がかわっているのじゃないだべ」

チューバが、あわてていった。

ファゴットがつづけて説明をした。

「――色がついているのはだな、ムラサキはノブドウの汁を、ダイダイはカリンの汁を、赤はチェリーの実の汁をってぐあいに、まぜているのだべ。だもんだから、色がきれいで、それぞれの風味がたまらねえってわけだべ」

五人のジプシーは、口ぐちにいろいろとモミイチに話をしようとした。

ここにあつまっているジプシーたちは、夏のバザールのまつりがちかづいたので、そろそろオーケストラのけいこをしようというので、このごろしごとのひまをみつけてあつまっては、けいこをすることにしているというのであった。しごとは、みんなべつべつであったが、だれもいそがしそうな顔つきはしていなかった。

バザールということばは、モミイチは、まえに一度きいたことがあるようであった。よくかんがえてみると、市場のことであった。

フィリッピンにいたとき、フィリッピン人たちは、市場のことをバザールとよんでいた。

まえにクラリネットにきいたり、きょうオカイコ少女にきいたりして、まつりに市場がにぎわうことは、すこしはしっていたが、モミイチは、くわしいことはしっていなかった。

モミイチは、五人のジプシーたちが、いかにもたのしげにまつりのことを話しあっているのを見て、じぶんもぜひ、まつりを見たくてたまらなくなってきた。

73

話をしているところへ、大きな頭のはげためがねをかけた男がやってきた。その男は、二メートルちかくもある大男なのに、カーキ色のショートパンツをはいていた。

大男は、いそいでやってきたとみえて、ハンカチではげた頭の汗をふいていた。

モミイチは、どこかで見たことのある顔だとおもった。

「そうだ、ドクターだ」

ドクターそっくりであった。

モミイチがインドシナ半島にいたころ、大隊本部に軍医がいた。軍医は日本海のそばのちいさな町でお医者を開業していたのであったが、戦争のために召集されたのであった。もとからの軍人ではなかったので、兵隊にものをいうときにも、ふつうの町のお医者さんとおなじような口のききかたをしていた。それで、兵隊たちはしたしみをこめて、ドクター、ドクターとよんでいた。

大男は腰をおろして、はげた頭の汗をていねいにふき、それから首や背中の汗をふくと、いそいでボロシャツの胸のポケットからチョコレート色に光ったマドロスパイプをとりだした。そして、マッチで火をつけると、スパスパとやりだした。

あのマドロスパイプも、スパスパのやりかたも、ドクターにすっかりおなじだ、と、モミイチはびっくりしながらながめていた。

「――コントラさん、おそかったじゃないですか？」

ティンパニは、さきほどまでの田舎（いなか）言葉をわすれたように、ていねいなものいいかたをした。

「――やあやあ、あるいた、あるいた。ずいぶんとおくまでいってきましたよ。たのんであったぶんができたっていいますのでね」

「――ああ、ス、ト、ラ、デ、ィ、ヴ、ァ、リ、ウ、スですか？」

トランペットがたずねた。

「——ストラディヴァリウスほどじゃないのですが、わたしとヴァイオリン屋の共同研究で、ヴァイオリンをひとつ設計してあったのが、やっとできましたのでね」

みんな、ガヤガヤとざわめきだした。

あたらしいヴァイオリンを見たいためであった。しかし、コントラさんとよばれているこの大男は、手ぶらでここへやってきていた。荷物などひとつももたないで、はげた頭の汗をふきふき、水車小屋の板のテラスへあがってきたのであった。

74

「これですよ、見てください」

大男のコントラはたちあがって、ショートパンツのうしろのポケットから、ピンポンのバットぐらいの大きさのヴァイオリンをとりだした。コントラはからだが大きいので、ショートパンツといっても片足の穴にふつうのおとなの足が二本はいるくらいであった。

ちいさなヴァイオリンであった。ヴァイオリンがちいさいところへ、コントラが大男なので、よけいいっそうちいさく見えるのであった。

「――弓につける松ヤニがきれていたのでね、これも買ってきましたよ。松ヤニはフランス海岸松がいいか、アフリカ海岸松がいいか、コルシカ海岸松がいいか、ぼくは目下研究中なのです。きょうはひとつためしにアルメニヤ産のを手にいれてみました」

水車小屋にいるジプシーたちは、松ヤニの説明よりもはやく一曲ひいてもらいたくてしかたがなかった。

「コントラさん、あなたは一番でっかいコントラバスをひいていらっしゃるのに、きょうはまた、ちいさいヴァイオリンですね」

チューバがていねいなことばづかいでいった。

コントラと話をするときには、ジプシーたちはていねいなことばづかいをするしきたりがあるようであった。

モミイチは、コントラがドクターそっくりのことばづかいをするので、もしかすると、コントラもジプシー仲間のお医者さんなのかもしれないとおもった。そうでなければ、さっきまで、「だんべ」などといっておりながら、きゅうにことばがあらたまったのが、おかしかった。

「――コントラバスをひいていて、こんなちいさなヴァイオリンをひくとおもしろいものですね。それにこれは、ふつうのヴァイオリンよりも、もうひとつ高いオクターヴがでるのですよ」

「コントラさん、いっちょきかしてください」

トランペットが、たまりかねて注文した。

「――そうですね。ひくとしましょうか。こっちへかえってくるときにね、おもしろいことがありましたよ」

75

コントラは、ヴァイオリンをひかずに、これをさきに話さねばおちつかないといったような調子で話しだした。

「――かえってくるとちゅうでね、モモンガの峠(とうげ)で休んだときですよ。サワラの大木の幹にモモンガが穴をあけているあの峠ですよ。なげだした足のさきにカマキリが二ひきならんであるいていたのですよ。わたしはむすめがヴァイオリンをひいてオカイコのダンスをやらしているのをおもいだしましてね。わたしもためしてみようとおもったのです。そしてね、ガボットをひいてみたのです。するとですよ。カマキリたちったがたちあがって、つまさきでせのびをしてね、ガボットをおどりだすじゃないですか。二ひきともですよ。カマキリのガボットにはおどろきいりましたね。それだけじゃないんです。もっとおどろきましたよ。頭のうえできゅうに動物のなき声がするので、見あげると、モモンガのやつが枝から枝へとびうつって、枝をゆすっているのですね」

まわりのジプシーたちが目をまるくしていると、コントラはとくいになって、しかも話しかたはあくまでもゆっくりと、

「――カマキリとモモンガと二種類だけの動物実験では断定的なことはいえませんでしょうが、このちいさなヴァイオリンのオクターヴの高さというものは、動物の三半器官か神経をシゲキして、ある種のエモーションをよびおこす効用があるかもしれないと、わたしにはちょっと興味ぶかくかんじられました」

コントラのものいいかたがたいへんスローなので、ジプシーたちは、じれったくてならなかった。

ホルンがたまりかねていった。

「――コントラさん。そのちいさなヴァイオリンを、ひとつきかせてください」

「――じゃ、ひとつひいてみましょうかな。そのまえに、ひとつミネラルをティンパ

ニさんにごちそうしていただきましょう。わたしは汗かきでしょう、それにとおい道をあるいてきたので……」

76

ティンパニが七つのコップに七色のミネラルをいれてきた。そしていった。

「──ちょうど七人になったから、みんな一ぱいずつだよ」

そんなこといわなくたってよくわかっている、と、モミイチはおもった。

コントラがまっさきに手をだして、黄色をとった。ほかのジプシーたちは、つぎにモミイチが手をだすのをまっているようすなので、モミイチはアイ色のコップをとった。

コントラは黄色のミネラルを飲みほすと、ポケットからハンカチをだして、ちいさなヴァイオリンをみがきはじめた。チョコレート色のよいつやがでていた。なでまわすようにして、なん回もなん回もみがいた。やっとみがきおわると、ヴァイオリンをあごの下にあてて、ひじをはって、ひくかまえをした。

まわりのジプシーたちは、しずかになった。

コントラがちいさなヴァイオリンをかまえると、ヴァイオリンがあまりちいさすぎるのと、コントラがふつうの人間より大きすぎるので、ちょっとおかしなぐあいであった。コリスかコネコを肩のうえにのせて首をかしげてほほずりしているようであった。

弓をもったひじを水平にはって、ひじをまげたまま、体操のように二、三回うごかすと、こんどは指さきで糸をつまんで、はじいてみた。そして、かまえていたちいさなヴァイオリンをまたあごからはずして、ひこうとはせずに、ハンカチをとりだしてみがきだした。カイコの絹糸のしごとをしているだけに、コントラのもっているハンカチは絹であった。

コントラがヴァイオリンをひこうとはしないので、ジプシーたちは、がっかりした。

77

「――そのヴァイオリンは、ひくためのヴァイオリンか、みがくためのヴァイオリンか、どちらなのです?」

ファゴットがたまりかねて、いった。

「――そうだな」

コントラは、ヴァイオリンの胴にいきをふきかけて、絹のハンカチでこすりながら、ゆうゆうとこたえた。

「——このヴァイオリンは、ひくためのものでもあり、みがくためのもの、というより、みがいていてもたのしいヴァイオリンであり、かつ、また、ながめていても、いつまでもあきないようだから、観賞用ヴァイオリンとしても、愛がん用としても役目をはたしてくれるような気がするね。マドロスパイプってやつは、煙のでてこないときでも、くわえているだけでもたのしいし、ながめていてもいいし、みがいていてもおもしろいし、このヴァイオリンも……」

話をききおわらないうちに、チューバが横からいった。

「——コントラさんがひかないのなら、ぼくにひとつひかしてくださいよ」

「——ひかないってわけじゃないんだ。このちいさなヴァイオリンをひいてみたいために、設計して、注文して、つくらせたんだ。第一だね、毎日コントラバスのような大きなものをやっていると、こんなちっちゃなかわいいやつをひいてみたくなるのだ。当然だろう。どうだい、きみは、そうおもわないか?」

「それよりも、はやく……」

「——まあ、まてよ。ひかないってわけじゃないんだ。まず第一回の演奏をやる以上、曲目をしんちょうにかんがえているんだ。ヴィヴァルディ、A・スカルラッティ、レオ・デュランテ、ベルゴレージなど、イタリア古典にしようか、それとも、R・シュトラウスのティルオイレンシュピーゲルの愉快ないたずらか、それとも、バッハのヴァイオリンのための二短調パルティータか……」

78

ふいにトランペットが鳴った。

トランペットは、もうヴァイオリンなどまちきれなくて、じぶんでふきだしたのであった。

曲は《トランペットのための子守唄》。

ジプシーたちは、みんな拍手(はくしゅ)した。コントラは、ちいさなヴァイオリンを、太陽の光にすかして、つやかげんをながめていた。

かろやかなトランペットの子守唄をきいていると、たましいがフワーッとぬけだしていくようであった。それから、風にのって白いきりがたちこめてくるように、ジプシーたちは目のまえがだんだんに霧でかすんで見えなくなってくるような気がした。

そして、うっとりとしてきた。みんなそろって、目をつむってきいていた。目をあけていたのは、コントラだけであった。

トランペットの子守唄がおわったときには、もうみんなねむくなっていたのか、拍手もしなかった。

「じゃ、つぎはぼくだ」

コントラが、ちいさなヴァイオリンをあごにあてたときには、もうだれも見むきもしなかった。

「《眠りの森の美女》……」

コントラは、じぶんでチャイコフスキーの曲の名をいって、かってにひきはじめた。たしかに、目をあけていたのはトランペットだけであった。しかしトランペットも、そのうちに目をつむってききはじめた。

オクターヴの高いはりつめたすみきった音がうつくしくながれていった。うつくしい曲は、ねむっているジプシーたちの夢のなかにきこえているのかもしれなかった。コントラは上半身を嵐(あらし)のなかの船のようにゆりながら、ちいさな弓をうごかした。コントラは、じぶん自身でうっとりとしながらひいていた。

《眠りの森の美女》をやっとひきおわると、眠っていたとおもったジプシーたちが、いっせいに拍手をし、床(ゆか)をふみならしてよろこんだ。

79

ファゴットも、チューバも、ティンパニも、ホルンも、トランペットも、みんなちいさなヴァイオリンの音色（ねいろ）のうつくしいことを、ほめそやした。

「――そんなヴァイオリン、やたらと鳴らせば、コマドリがハチミツすいにおしかけていくぞ。おれはファゴットで、カモシカをでんぐりがえしにひっくりかえしたことあったが……」

ファゴットがいうと、ほかのジプシーたちは、大声をあげてわらった。

モミイチは、なんでみんなが大声だしてわらうのか、わけがわからなかった。モミイチの顔色を見て、ファゴットは、すぐにわかりやすく説明した。

ちいさなヴァイオリンを鳴らしまわると、森のコマドリもまねをして、きっとうつくしい声でさかんにうたいだすことであろう。ふだんよりももっとがんばって、そしてオクターヴの高いソプラノをだそうとするのにちがいない。あんまりいっしょうけんめいさえずりすぎると、ノドをいためてしまうだろう。ノドをいためたコマドリたちは、ハチミツをなめるとのどのいたみがなおることをしっているので、ハチカイのハチのすばこへ、おしかけていって、ハチミツをすうだろう――というのであった。

ファゴットが、ファゴットでカモシカをたおした話というのは、かれらのあいだでは、もう有名な話のようであった。

――あるとき、ファゴットが旅をしていると、草原のうえを、カモシカがなん百頭なん千頭とむれをつくって走っていたというのであった。

カモシカの走る調子を見ていると、走るリズムが二拍子(びょうし)になっていた。ファゴットは、ファゴットを口にあてて、さっそくテンポのはやい二拍子の行進曲をふいた。

しばらくして、ファゴットの行進曲をききつけたなん百頭なん千頭のカモシカは、サーカスの馬のように列をつくり、ファゴットを中心に、大きな円をえがいて走りだしたのであった。

ファゴットをはやくふくとはやく走り、ゆっくりふくとゆっくりと走った。ファゴットは、そのうちにきゅうに、いたずらをおもいついた。二拍子の行進曲をできるだけはやくふいて、カモシカたちをできるだけはやく走らした。そして、ふいに、曲を三拍子にかえたのであった。

先頭のカモシカが、あわてて二拍子から三拍子に脚をかえようとした。とっさのことなので、うまくきりかえることができずに、デングリガエリをしてひっくりかえってしまった。先頭のカモシカにつづいて、なん百頭なん千頭のカモシカが、みんなひつくりかえった――というのであった。

80

ファゴットの話は、うまくできすぎていると、モミイチはおもった。けれども、ほかの連中は「ウソだ」とも「そんなバカな」ともいわないで、わらってばかりいた。

ファゴットは、じぶんのしごとのことをモミイチに説明した。

「カモシカは、日本の法律で禁じられている保護動物だ。だれもとってはいけないし、もちろん、おれは、とったり、きずつけたりしないさ。おれの商売はだな、そのほかのけものの皮や肉を手にいれたり、鹿のツノをひろってきて市場に売りにいくんだ。ジプシーたちのチョッキや毛皮のしきものは、みんなそうさ」

「鹿のツノをひろうって?」

モミイチはたずねた。

「そうさ。鹿のツノはひろうにかぎるよ。いくらでもおちているから」

「へえ、ほんとけ?」

「そうさ、うんとこさおちているとも」

「おれにでもひろえるけ？」

「おちている場所さえ見つけりゃ、だれだって、ひろえるさ」

そのとき、ほかのジプシーはどっとわらった。モミイチは、ファゴットにからかわれているのではないかとおもった。

ファゴットはつづけた。

「カラマツがやわらかい芽をふいて、ウマツツジがまっかにさいて、アオジやルリチョウがさえずりだす五月になると、このずっとむこうの、そのまたむこうの山のうえの高原に、鹿がなん百頭なん千頭とでてくるんだ。そして、やわらかい草の新芽をたべるんさ。ちょうどそのころは鹿たちは、ツノのつけねのおでこのところがかゆくてしかたがないんだ。人間の子どものシモヤケとおなじようにさ。それで鹿と鹿がスモウのようにツノをすりつけて、かゆいところをかきあいっこしようとするんだ。それがさ、あまりかゆいので、いっしょうけんめいやっているうちに、コロリとツノがつけねからおちてしまうことがあるんだ。いったんおちたツノは、もうだめさ。もうひっつけるわけにはいかねえ。口にくわえてあるいても、じゃまになるから、おとしたまんまだ。おれは、そのツノをひろいあつめて商売にするってわけさ……」

「ファゴットのツノひろいもいいが、おれのしごとも、やめられねえよ」

チューバが話しだした。

「おれのトリとりなんかは、いきものだけに、ツノひろいとはおなじにいかないんだ。秋になって野鴨（のがも）のシュンのころになると、むこうの山のまたむこうの湖へいくんだ。すると野鴨のやつが列をつくっておよいでいるんだ。野鴨ってやつは、ひとりはなれてあそぶってことをやらねえもんだ。そいで、野鴨が岸ちかくにおよいできたところをみはからって、チューバを口にあてて、ドレミファのドのところをブワーッと、ちからいっぱいにふいてやるのさ。さあ、野鴨のやっこさん、あわてることあわてること。びっくりおったまげて、となりにいるやつのツバサにくらいついてはなさないのだ。一番はしっこのやつは、くらいつくツバサがないもんだで、岸にはえているアケビのツルにかぶりついてはなさないのだ。だもんで、アケビのツルをひっぱると、ずるずるとじゅずつなぎのやつが五十羽も百羽もつながってたぐりよせられるってわけさ。うん、ときによれば、二百羽、三百羽をこすこともあるさ。そのおもたいこと、おもたいこと、ツノひろいどころのさわぎじゃないいんだ。

じゅずつなぎのひっぱりあげた野鴨も、たべるには料理をしなければならず、それがまたひとしごとだが、羽をむしりとるのには、たいした世話はかからないのだ。まんず一番まえの野鴨のくわえているアケビのツルを樹木にゆわえつけるんさ。そして一番しんがりのやつの羽をギュッとひっぱるんだ。すると、野鴨のやつたち、みんなまえのやつのツバサのつけねをギュッとくわえているもんだから、いっぺんにツバサがもぎとれてしまうんだ。くわえていたツバサがもぎとれると、やっこさんたちあわてて、もうひとつのツバサにくらいつくんだ。それをまたギュッとひっぱると、じゅずつなぎになっているやつのツバサが、すっかりとれてしまって、まるはだかってことになるんさ。あとはたき火でこんがり焼いて、油のよくまわったやつを、たらふくごちそうになるって寸法さ……」

82

「野鴨なんて、かわいいもんだが、おれのしとめたでっかい熊なんざ、ちょっくらくらべものにならないからなあ」

ティンパニが、しゃべりだした。

かれがしとめた大熊の話は、ジプシーなかまでは有名なものらしく、ティンパニが話しかけると、「またあの話か」といわんばかりに、ジプシーたちはニタニタわらっていた。

ティンパニのしとめたでっかい熊の話というのはこうだ。

――あるとき、ティンパニは熊のとおり道を見つけた。そこにはでっかい足跡がついていた。直径がふつうの熊の足跡の五倍もあった。ティンパニは、そのでっかい熊をしとめてみようとおもった。

熊も人間とおなじように、じぶんのきまったとおり道をあるくのが便利であった。しかしちがった道をあるくこともある。

ティンパニは、鉄砲でうとうか、わなにかけようか、おとしあなにかけてみようか、と、いろいろかんがえてみた。

鉄砲でうっても、一発や二発では、まいりそうではなかった。急所をはずれた手おいの熊は、あばれくるってかかってくるので、かえって危険であった。わなやおとしあなをしかけるにも、相手の大きさがはっきりわからないから、どんなものを用意すればよいかわからなかった。ティンパニはかんがえたあげくに、催涙弾（さいるいだん）を使用することにした。ティンパニのつくった催涙弾というのは、熊の好物のサツマイモとヤマのイモをすりおろしてマッシュポテトにした直径二十センチほどのだんごであった。ただしマッシュポテトのだんごのなかには、トウガラシとワサビとネリガラシをねりあわせていれてあった。

マッシュポテトの催涙弾を熊のとおり道に十も二十もばらまいておいた。けいかくはみごとに成功した。でてきた熊はトラック一台ぶんくらいの大きさであった。でっかい熊はマッシュポテトにとびついて、つづけさまに八つたべた。ところが八つたべたときから涙があふれだしてきた。熊の大きなふたつの目玉から涙があふれだした。その涙は、ポンプからふきだす水のようないきおいであった。

83

モミイチは、みんなの話をきいているうちに、これはどうやら用心をしてきかなければあぶないぞ、と、おもいだした。みんな、でたらめのホラ話なのか、ほんとにあったことなのか、そのどちらかわからないような、すました顔つきをしていた。

ファゴットやチューバやティンパニにつづいて、トランペットがすました顔つきで話しだした。

「――そうよなあ、山のなかでくらしていると、いろいろおもしろいこともあるし、ありがたいこともあるわな。夏のあいだは、夜は寒くもなし暑くもなし、いい気候だが、秋になればなったで、便利なものだ。神さまはつごうのいいようにつくってくれてあるもんだ。山の夜が寒くてやりきれないようになると、ツグミのむれがとんできてくれるんだ。夕方おれがトランペットをこういうぐあいに空にかまえて……」

と、トランペットを空にむかってふくかっこうをしてから、

「ひとふきすると、木の葉がちっておちるように、おれのまわりにまいおりてくるんだ。おれは林のなかの草のうえにねる。ツグミのやつたちみんな、からだをすりよせて、二重三重におれのからだをすっぽりつつんでしまうんだ。夜どおしポカポカで、あったかなことといったら、オカイコのふとんもくらべものにならねえや。しかし、ツグミのふとんも、ポカポカあったかなのはよいけれど、うっかり朝寝をしていると、耳のあなにも、鼻のあなにも、タマゴをうみつけるので、いきをするのがくるしいったらありゃしない。くしゃみをしようにも、両方のあながつまっているし、たといくしゃみがでても、ツグミのヒヨッコたちが、おっかながるといけないし……」

「ツグミのたまごなんか、ちいさいからたいしたこともないが、白鳥のたまごは、とってもでっかいんだ」

横から、ホルンが口をいれた。

84

「ホルンのホラふきめ、白鳥のたまごが耳のあなや鼻のあなに、はいるというのか……」

「耳や鼻にはいったと、いいやしないよ。おれがあるとき、るすのあいだに、おれのホルンの朝顔のようなこのラッパのなかに、白鳥のたまごがひとつうんであったのだ」

「――おまえ、オムレツをつくって、くってしまったのだろう」

トランペットが、からかった。

「そんなむごいことを、するものか。おれは、かあいそうにおもって、毎日夜もひるもあっためてやったんだ」

「ニワトリがだくように、あっためたのかい」

トランペットが、こんどはまじめな顔をしてきいた。

「ううん、たまごがホルンの口からおっこちないように、気をつけながら、あたたかいいきをふきつづけてあたためたのだ」

「そりゃ、たいへんだった。で、ヒナにかえったかい？」

「うん、二十日か二十一日あたためつづけるうちに、とうとうヒナがかえったよ。おれが感激してちからいっぱいに、ホルンをふくと、その拍子に風にのって空へとんでいったよ」

「まさか、しょっぱなから空をとんだりできっこないじゃないか」

「いや、とんだ、ほんとにとんだ。それがさ、さいしょすっととびあがったかとおもうと、サーッと下へおちてきたんだ。おれは、はねがまだよわいからやっぱりだめだ、おっこちて頭をうって死ぬのじゃないか、かあいそうなことをした、と、おもっていると、地面のちかくまでおちたとおもったやつが、またまいあがるのさ。そして、高くまでいったら、またおっこちてきて、地面のちかくまできたら、また、まいあがる……」

「ほほう、白鳥のヒヨッコ、いっしょうけんめいなんだな」

「そうさ、そんなことばかりのくりかえしさ。それが二、三日たっても、十日たっても、おんなじさ」

「はねが、つよくならないのかい？」

「うん、毎日毎日はねはつよくなっているんだが、そんなとびかたが、くせらしいんだな。おれはふしぎにおもって、よーくかんがえてみたんだ。やっと、そのわけがわかったよ。白鳥がタマゴのとき、おれはホルンにあついいきをふきかけてあっためただろう。ホルンはこれこのとおり、ブラスのパイプがうずまきの輪になっているだろう。それで、うまれたヒヨッコも、輪の形をかいてとぶようになったらしいんだ」

85

「ふーむ、そんなものかね」

チューバが、大きくためいきをついた。

「そんなものだよ。ホルンのパイプの輪のように、クルクルとまわりながらとぶんだ」

「ふーむ、空中ブランコのゴンドラか、ヨーヨーのようだな」

ティンパニが、感心しきっていた。

「うん、そんなものだよ」

「まっすぐにとべなくて、不便なものだな」

ファゴットが、同情ぶかそうな目つきをしていった。

「まあ、そんなものさ。まい子になるしんぱいだけはないがね」

「山や林の木の枝にひっかかると、とおくへ旅行はできないな」

トランペットがこまった顔つきをしていった。すると、ホルンがひざをのりだして答えた。

「――よくできたもんだ。なにごとも、あまりしんぱいすることはないもんだね。あるとき、うんと高く高くとびあがった。あのむこうの峯(みね)よりも高くね。そして、いざ回転して下へおりようとしたひょうしに、あんまり高いので目をまわしてしまったんだ。クラックラッとしてしまってね。そのしゅんかんから、上下左右の感覚がなくなってしまったのさ。そして上下に回転していたヒヨコが、水平にまるく輪をかいて回転しはじめたんだ。六十九回まわって、やっと気がついたんだ。そして、やっと、やっこさん水平とびのほうが便利なことをおぼえてしまったようなのだ。いまのところ水平とびができるが、まっすぐに直線にとぶことはできないんだ」

モミイチは気がかりでならないので、とうとうたずねてみた。

「春になれば、白鳥は北の国へかえるんだろう。そのときはどうしたんだい？」

「春になると、白鳥たちは白い雲のかたまりのようになって北の国にかえっていったよ。そのまわりを、りっぱに成長したホルンうまれの白鳥が、ぐるぐるまわりながらとんでいくんだ。大空のなかにさきみだれたコチョウランの花園のまわりを、チョウチョがまわっているようなかっこうで、それはいきの根がとまるほどのうつくしい光景だったよ」

86

みんなのいうことは、ホラ話だとはおもったが、みんなだれもくすりともわらわないので、モミイチは、うたがってはわるいような気がしてきた。それにしても、ジプシーたちはうそでたらめのうまいやつばかりだと、感心しないではいられなかった。

「——さあ、もう一曲やろうや。ちいさいヴァイオリンもはいれるかな」

ティンパニがいった。

「——ちいさいヴァイオリンは、うんと高音が出せるから、なにがいいかな」

「ヴィオラがきてくれないことには、ちいさいヴァイオリンのためにオーケストレーションができないな。しばらくまっていてくれよ」

ティンパニは、コントラにいった。そして、

「さっきのつづきを、もういっちょうやろう」

みんな小屋のまえへでていって、それぞれの楽器をとって調子をあわせにかかった。

コントラは、ながれのそばへいってひとりでちいさなヴァイオリンをひきはじめた。

ほかのものは《クツワムシとカネタタキとクイナのための行進曲》のけいこをくりかえした。モミイチはおずおずと、まちがえないように、ひたいに汗のつぶをうかべて鈴を鳴らすのにけんめいであった。

いつのまにか空がもえて、夕方になっていた。

「さあ、これでひとまず食事にしよう」

ティンパニが、ボン！　と、ティンパニをたたいて、けいこをやめるあいずをした。

みんなはそれぞれ楽器の手入れをしてから、ながれのほとりへいって顔をあらった。

87

水のような夕やみが、ひたひたと水車小屋のなかにみちてきた。

ティンパニがランタンに灯(ひ)をともして、天井(てんじょう)からの自在かぎにつりさげた。

一同がテーブルをとりかこんだとき、とおくからヤギの鳴くような声がきこえてきた。

みんな耳をすました。

その声をききおわったとたんに、テーブルのまわりのジプシーたちはヤギの鳴くような声をだした。三部合唱のうたうような鳴き声で、ほんもののヤギよりもはるかにうつくしい鳴き声であった。

その声をだしてから、みんな口ぐちに、「あいつら、よいところへきた」とか、「食事の時間ぴたりにやってきたね」などといった。

モミイチは、なんのことかわからなかった。だれかヤギをつれてきたのだろうかとおもっていると、三人の男が入口にあらわれた。

「あっ」と、モミイチはかるい声をたてた。三人のなかのひとりは、ハチカイのクラリネットであった。ハチカイは、このあいだのときとおなじクラリネットをもっていた。ほかのひとりもクラリネットによくにた楽器をもっており、いまひとりは大型のヴァイオリンをもっていた。

クラリネットはすぐにモミイチを見つけて、

「やあ」

といいながら、ちかづいてきた。モミイチもたちあがって、手をさしだして握手した。

88

なつかしいクラリネットであった。たったひと晩とめてもらっただけであったが、むかしからのともだちのような気がした。

「——あれから気をつけているのだが、まだであわないのでね、あうひとごとにきくことはきいているのだが……」

クラリネットはツキスミのことを、さっそくにいってくれた。

「これが——こいつは、ジャムつくりのフルートだが」

と、いっしょにいまはいってきた男をさして、しょうかいした。

「——おれは一、二回、馬のあし音を、たしかにきいたことがあるんだ」

「どこで、どこできいたのです？」

モミイチは、せきこんでたずねた。

「それが、おれは日本列島を北から南のはしまであるきまわっているので、それがはっきりおもいだせないんだ。岩手山の原だったか、白根山(しらねさん)の奥だったか、霧島山(きりしまやま)のすそだったか――はっきりしないんだ」

クラリネットは、いまひとりの男をしょうかいした。

ヴァイオリンの大きいのはヴィオラであった。カイコかいのヴィオラであった。

モミイチは、すぐにわかった。コントラの子どもで、さきほどであったヴァイオリン少女の兄であった。

「――やあ」

ヴィオラは片手のゆびを、かむっていたチロル帽のふちにちょっとかけて、すこし気どったポーズをした。

「さっきごあいさつにいったのですが、あなたはマユつくりのさいちゅうだったので……」

「それは、どうも失礼。いもうとからきいていました。どうせ、ここへくればあえるとおもっていました」

ヴィオラは帽子をぬいだ。右手のひとさし指をたてて、帽子のなかへいれて、グルグルと帽子をまわした。

89

「食事はなんにんだ？」

ティンパニがいった。

「五人だ」

ファゴットが、おうむがえしにいった。

「そんなことがあるものか」

チューバがいった。

「おれたちもいれてくれよ」

クラリネットがいった。

「じゃあ、八人だ」

フルートがいった。

「八人にまちがいなし」

ヴィオラがいった。そして、じゅんじゅんに顔を見ながらいった。

「金管が三人だろ、トランペットにチューバにホルン。それから木管が三人、ファゴットにフルートにクラリネット。それから、弦が二人、コントラとヴィオラ。あわして八人だ」

「ばかだな、おきゃくさんがぬけているじゃないか、牛飼いの鈴ふりのおきゃくさんが……」

ホルンがいった。

「そうだ、そうだ、おまえたちはまぬけばかりだ。おきゃくさんをぬかすってことがあるものか。合計九人、九人にまちがいなしだな。九人きっかりしか料理はつくってやらないぞ」

「ちょっとおかしいぞ」

ティンパニは、大きな声をだした。そして、となりの台所へはいりかけた。

モミイチがいった。

「なにが、おかしいんだ」

ティンパニがいった。

「あなたは九人といいましたね」

モミイチはたずねた。

「九人きっかりだ」

ティンパニは、大声でいった。

「ティンパニさんは、どうなるんです？　ティンパニさんをいれると、十人です」

「おれがはいってないって？」

ティンパニが、大声をだした。

「ティンパニをぬいて、九人だ。弦楽器が二人、木管が三人、金管が三人、鈴ふり一人。オーケストラには、やっぱりティンパニがいるだろうな。鈴ふりに大たいこをたたいてもらえば、オーケストラのかっこうはつくのだが」

ヴィオラがいった。

「ばかいえ。おれを食事からぬかすやつがあるもんか。十人だ、合計十人まえ」

ティンパニは大声でいった。

みんな、どっとわらった。

「こんやのメニューは？」

ヴィオラがきいた。

「こんやは、そうだなあ、すぐにできるものにしよう。イタリアふうのピッツァだ」

「ピッツァって、パイだな」

「そうだ。ピッツァパイだ。ピッツァパイの中味は、なにがいい？　カニかカタツムリかクルミバターだ」

みんな口ぐちにやかましく、カニだ、カタツムリだ、クルミバターだ、といった。

ティンパニは、テーブルをげんこつでドンとたたいた。

「おい、それじゃ、カニとカタツムリとクルミバターのミックスパイということにしよう。これじゃもんくないだろう」

みんなは、ウォーと、ヒョウのような声をだした。

90

料理ができるまでのあいだ、みんな、がやがやしゃべっていた。
クラリネットが、ここにあつまっているひとたちのことを、かんたんにモミイチに説明した。
ティンパニ　水車小屋の主人で粉つくりが本職、料理をつくるのもとくいである。
コントラとヴィオラ　カイコ飼いおよび絹糸でうつくしい織物やふくろや美術品をつくるのがとくいである。
トランペット　花や草木の汁をとって染料(せんりょう)をつくったり、そめものをしたりしている。木や草の繊維で織物やしきものをあんで、それに色をそめるのだが、とってもうつくしいものをつくることができるそうだ。

ホルン　粘土をこねて、つぼや皿をかまどで焼いてつくるのがしごと。食事のときの皿や水がめのほか、土笛やブローチや人形などと、いろいろうつくしい陶細工をつくることもできる。

チューバ　けものをうったり、わなでつかまえて毛皮をとるしごと。タヌキやモモンガの人工養殖もやっているらしい。

フルート　ジャムつくり。いろいろな花やくだものをあつめて、それをハチミツとまぜて、につめて、ジャムやマーマレードをつくっている。都会のデパートでは、めったに見られないようなめずらしい、いろいろのジャムをつくっている。

ファゴット　シカのツノや牛や水牛やカモシカのツノをあつめて、ツノ細工をして売物にしている。かれの作品のなかで、苦心してつくりあげた特製品は、外国にまでもでていっている。スーダンの王様のかざり刀の《ツカ》の部分はファゴットのつくったツノ細工で、七つの宝石がちりばめられている。カシミールの貿易商にたのまれて象牙の仏像もつくったという話だ。

91

がやがやしゃべっているあいだに、食事の用意ができたとみえて、ティンパニがでてきてテーブルに、のりのきいた白いテーブルクロースをしき、ナフキンとフォークとスプーンをくばってあるいた。トランペットとホルンが料理場へはいっていった。

トランペットがスープをいれた大きな銀のなべを、ホルンがまだ湯気のもうもうとふいているピッツァパイのかごをもってでてきた。

ジプシーたちは、めいめい口笛をふいたり、けものの鳴き声のようなうたをうたいながら、テーブルのまわりについた。

トランペットがスープをついでまわり、ホルンが木製のフォークとスプーンを片手でつかってパイをはさんで、みんなの皿にくばった。

ティンパニが、つぼをかついできてブドウ水をついでまわった。

ティンパニがモミイチの鈴をとってふりならした。そしておごそかにいった。

「たのしき食事に栄光あれ」

コントラが、もうすこしでふきだすところであった。ジプシーたちはブドウ水のコップをとって乾杯（かんぱい）をした。そして食事がはじまった。

モミイチは、ブドウ水がミネラルとおなじようにおいしいとおもった。ノブドウの汁を水でうすめたものであった。すみきってうつくしい色をしていた。

スープはミルクをどろどろにしたようなものであったが、おいしかった。このあいだクラリネットによばれたときとは味はちがっていたが、こんどのも、びっくりするほどおいしかった。

92

ピッツァパイは、パンとモチのあいのこのようなものであった。うすくひきのばしたモチを二枚かさねたようなかっこうになっていて、そのなかに、カニとカタツムリのペーストとクルミバターをぬりこんであった。

モミイチは、ちいさいときにモチにミツをぬってたべたことがあったので、それによくにているとおもった。クルミバターはみそとよくにた色をしていたけれど、味ははるかにおいしかった。

パイのそとがわは、粉をクリスコとミルクとでまぜあわせてつくってあった。焼くときにタマゴをぬってこんがりと色がつくようにしてあった。

ジプシーたちは、うまいうまいといってはパクついた。

モミイチは、カタツムリなどたべるのははじめてであった。じぶん一人ならば気持がわるくてたべなかったかもしれないが、みんなうまいうまいというので、べつに気持がわるくもなかった。

コントラが、フランスではカタツムリが名物料理として珍重されるのだ、といった。

モミイチは、クルミをモチにいれたり、すりおろしてみそ汁にいれてたべたことはあったが、クルミバターというものは、はじめてであった。ジプシーたちは山のなかにくらしていながら、里にすむひとにくらべて、けっして不自由をしていないことに、おどろかされた。

デザートには、ながれにつけてひやしてあったアンズと紅茶がでた。

93

食事がおわってしばらくすると、ヴィオラの指揮で、オーケストラの練習がはじまった。

第一ヴァイオリンも、第二ヴァイオリンも、オーボエも、ドラムもたりないので、これじゃオーケストラなんていえたものではないと、ヴィオラはこぼしていた。

ヴィオラは父親のコントラが注文してつくらせたちいさなヴァイオリンを、とってもよろこんだ。父親がこんなちいさなヴァイオリンを設計してつくらせていたことを、まるっきりしらなかったのである。ヴィオラは、じぶんでちいさなヴァイオリンをさっそくひいてみた。そして、ちいさなヴァイオリンを主題にした曲をかんがえて、ほかの楽器をくみあわせて演奏してみた。

メンバーがぜんぶそろわないので、不自由ではあったが、とにかくやれる曲目をえらんで、つぎからつぎへとやってみた。モミイチもヴィオラのあいずで、ときどき鈴をふった。

さきほど休んでいたときは、じょうだんともホラ話ともつかないようなおもしろいことばかりしゃべっていたが、いざ音楽のけいことなると、目の色がかわってしんけんであった。

ジプシーたちは、休憩のまも、話すことは音楽だけであった。

バザールのおまつりは一月あとにちかづいていた。おまつりの日の呼物は、バザールの広場でひらかれる音楽会だということであった。

日本じゅうの山のなかにちらばってくらしているジプシーたちは、たいていなにかの楽器をつかいこなすことができた。そしてかれらは、おまつりがちかづいてくると、自然にどこからともなくあつまってきた。それも一か所だけではなく、なんか所にも羊のむれのようなかたまりができた。

94

たとえば、いまこの水車小屋にあつまっているのは、そのひとつの例である。このかたまりはティンパニとヴィオラを中心にあつまったむれであった。

このむれは、オーケストラの編成ができるように自然に、弦楽器と木管楽器と金管楽器の各四部のパートがもれなくはいっていて、そのほかにも、打楽器がてきとうにまじっていた。

これはだれが命令するのでもなく、役場のコセキガカリできまっているのでもなかった。かりに、どこかのむれにフルートがたりないといううわさがつたわれば、フルートをふけるものは、そのなかまへすすんではいっていくのであった。

ひとつのむれは、そのまま、ひとつのオーケストラの楽器の村であった。たとえば、この村は、一年じゅうおなじところにかたまってくらしているのではなかった。たとえば、クラリネットは花をさがしてハチといっしょに旅をしなければならないし、チューバもり、ようの季節にはクマやムササビをもとめて移動しなければならなかった。

おまつりがちかづくと、バザールを中心にした森や草原や谷間に、りんじにいくつかの村ができるのであった。そして、ひるねの時間がおわったころからあつまってきて、毎日オーケストラの練習をするのであった。

夏のあいだは日が長いので、朝から晩まではたらくと、時間は長すぎた。ジプシーたちは夏のあいだにかぎらず、朝ははやくから夕方おそくまではたらいたりすることは、あまりなかった。

ジプシーたちは、人間はたのしくくらすのが目的だから、あくせくはたらきすぎてくるしみがふえるようなことを、こころの底からけいべつしていた。

ジプシーたちは、一日のうちの半分、あるいは一年のあいだの半分だけはたらけば、けっこう楽にくらせるものとかんがえていた。じじつ、ジプシーの生活は、そのとおりであった。

95

谷間の空に月がでたのであろうか。こずえのあいだに星のような光のかけらがチラホラしはじめた。ここは深い谷間なので、月の光はちょくせつにはさしてこない。

ヴィオラの指揮は、じぶん自身曲のなかにすいこまれて、うっとりと酔ってしまっているようであった。ヴィオラはここにあつまったジプシーのなかで年が一番わかいようであった。しかし音楽の理解の深さと感じ方は、かれがいちだんとびぬけているようであった。ジプシーたちは、ヴィオラの指導に、すなおに気持よくしたがった。かれの父親のコントラまでも、「クレッセンド」と注意されると、もう一度つよくひきなおし、「もっと感じをこめて、もっとひっぱって」と注意されると、「なるほど、そうかそうか、よくわかった」というように大きくコックリコックリとうなずくのであった。

とちゅうからヴィオラの母のチェロひきとヴィオラの妹のオカイコのヴァイオリンひきがやってきた。

モミイチは目があったひょうしに、「さきほどはどうもありがとう」というふうにおじぎをした。少女は首にペンダントのようにモミイチからもらった鈴をつりさげていた。

「原っぱは月の光があかるくってキベリタテハが、ひるまのようにとんでいましたよ」

と、ヴィオラの母がいった。彼女は大きなチェロをかついできていた。少女はもちろんヴァイオリンをもっている。

少女は父親のコントラのもっているちいさなヴァイオリンを見つけて、

「まあ、かわいいこと」

とさけんだ。そして、父の手からちいさなヴァイオリンをもぎとって、じぶんのもってきたヴァイオリンとこうかんして、すぐにあごにあてて弓をうごかしてみた。

チェロひきのお母さんは、コントラにまけないくらいの大きな体格で、ふくらんだすその長い鳥かごのようなスカートをはいていた。

96

ヴァイオリンとチェロがふえたのでヴィオラはニコニコした。

少女がちいさなヴァイオリンをもって第一ヴァイオリンになり、コントラが第二ヴァイオリンになった（コントラさんはコントラバスを持ってきていないので）。ヴィオラは、じぶんでヴィオラをひきながら、オーケストラメンバーにかけ声をかけたり拍子をとったり、いろいろとそれぞれのパートの注意をした。

モミイチは、ラジオで音楽をきいたことがあるが、音楽がこんなにうつくしくって足のさきからメマイをしたようにフワリフワリしてくるものだとおもったことはなかった。ラジオからながれていたのは、あれはラジオの音であって、音楽ではないような気がした（牧場の家のラジオは、天気予報と時報とニュースをきくだけが、おもな役目であった。戦争ちゅうに主として空襲警報をきくのにつかわれていた、雑音がブーブーとはいったり、音がピーピーとわれてひどいものであった）。

音楽といえば、マニラかスラバヤの病院にいたときにきいた軍楽隊の演奏である。あれをきいたときはこころがおどって、病気がきゅうによくなって、ちからがわきだしたような気持がした。

軍楽隊の演奏はいさましくて、こころがおどったが、きょうここできくオーケストラは牧場のそよ風にふかれて牧場にねころんでいるような気がしたり、谷川の清水がこけをぬらしてながれているようなところがあったり、夜あけの森で小鳥たちがさえずりざわめいているようなたのしさがあったり、まんじゅうをふかしているセイロが湯気につつまれてあまいにおいがたちこめているようでもあった。木々のこずえや若草が芽をふいて、ツノブエがきこえてくるような場面もあれば、金色にもみじした森の木の葉を嵐がふきまわっているような場面もあった。

97

クラリネットの独奏がつづいて、それにホルンがあわさっていくうつくしい部分を演奏しているときであった。

モミイチは胸のなかにモクモクと霧のような雲のようなものがふきだしてわきあがってくるようなかんじがしてきた。すると、かれのこころのなかにわきだしてきた霧か雲のようなものがかれの目のまえをボーッと湯気のようにつつんでしまった。目のまえは白くボーッとかすんで、そのかすんだ奥底から、クラリネットとホルンのメロディがきこえてくるようであった。

モミイチはうっとりとして耳をかたむけていた。しばらくすると、目のまえの白いものが風にふかれたように舞いあがりはじめた。そして、あっとおもうまに空のうえの入道雲となってしまった。

入道雲は白いのだが、月の光をうけてアジサイの花びらの色をしていた。入道雲のうえにあおい月夜の空があって、星がいっぱいまたたいていた。星の林のなかにホタル魚が光りながらおよいでいるのが、はっきりと見えた。

クラリネットとホルンは、アジサイ色の入道雲の谷間からきこえてくるようであった。

空いっぱいのあかるい星が、みんなホタル魚になったようにおよぎだした。ホタル魚がからだをくねらしたときには、ダイアモンドに月の光があたったようにすみきった光が走った。

モミイチが魂をうばわれたように星空をながめていると、ふいに、ツキスミの馬蹄の音がきこえてきた。

ツキスミのすがたは、はっきり見えなかったが、星の林のあいだを走っているのであった。星とホタル魚が光りながらおよぎまわっている空のなかにツキスミの蹄の音がきこえるのであった。

「ツキスミ　ツキスミ　ぼくの馬だ」

モミイチは、感きわまって大声をだした。

モミイチが声をだしたしゅんかん、はたと、ツキスミの蹄の音はとまってしまった。

谷間をおおっているこずえの葉のあいだから、光のかけらが星のように光っていた。気がつくと、クラリネットも、ホルンも、ファゴットももう鳴ってはいなかった。ヴィオラやコントラやちいさなヴァイオリンをあごにあてたオカイコ少女が、モミイチの顔をのぞきこむようにながめていた。ほかのジプシーたちも、みんなおどろいてモミイチの顔をながめていた。

98

モミイチが、きょうここへやってきたときに馬蹄の音のことをたずねたのを、ジプシーたちはおもいだした。

モミイチの耳に、こんなにもまぼろしのように馬の蹄がきこえてくるとは、だれもおもっていなかった。

モミイチは、じぶんの耳にだけきこえて、ほかのジプシーたちにきこえなかったことを、そのようすでしると、はずかしくてたまらないような、なさけない顔つきになった。

「こんやのけいこは、これでおわり」

ヴィオラが、すかさずいった。

トランペットがうえをむいて、ファンファーレのような曲をふいた。これでおしまい、というあいずのつもりらしかった。

クラリネットがモミイチの手をとるようにして、

「さあかえろう。もちろん、こんやは、おれのテントにとまるのだろう?」

それをきいたティンパニが、ティンパニをボーン！　とたたいて、

「そんなばかげたことがあるものか、いまさら夜道をあるいていかなくったって、このままこの水車にとまればいいじゃないか」

といった。

「水車小屋もわるくないが、水の音が耳について寝にくかったら気のどくだ。第一、はばかりながらおれんところの絹の夜具ほどフンワリ気持のいいのは、ほかにはないはずだ。さあいっしょにいこう。オカイコクッションだぞ」

ほかのジプシーたちも、口ぐちにがやがやいって、じぶんのテントへさそおうとしていた。

モミイチは、どうすればいいかとたすけをもとめるようにクラリネットの顔をみた。

99

「モミイチ——ぼくがきいた馬の足音をおもいだしてみたいのだ。それでぼくのテントにこないか。なあ、クラリネット、それがいいだろ」

フルートが、モミイチとクラリネットの顔を、かわるがわる見ながらいった。

クラリネットがモミイチの顔色を見てとって、

「モミイチ、じゃ、フルートのテントへとめてもらえよ」

といった。モミイチはニッコリした。

ほかのジプシーたちは、みんな口ぐちにがやがやと、

「あすの晩は、おれのテントだぞ」

「あすのひるの食事は、おれのところでするがいいや」

「いやあすの朝は、おれのテントでつめたいくだものとしぼりたてのヤギのミルクをのんでもらうんだ」

などといった。モミイチは、どうこたえてよいかわからなくて、だまっていた。

ティンパニのほかのジプシーたちは、それぞれの楽器をもって小屋をでた。

谷のながれに光の木の葉がながれているように、月の光がもれてうつっていた。

坂道をあがりきると、月の光が水のようであった。月の光があまりにあかるすぎてねむられない昆虫たちが、草の葉のうえでゴソゴソはいまわっていた。

モミイチは、クラリネットとフルートと肩をならべてあるいた。とちゅうからコントラの家族がわかれていき、そのほかの連中も林のなかのわかれみちや、花の木のしげみなどで、「おやすみ」「おやすみ」といいながら、ひとりずつ順番にわかれていった。

100

「おやすみ、またあした。フルートたのんだぞ」

クラリネットが、とちゅうでまたわかれてしまった。

モミイチはフルートと脚をそろえてあるいた。かりこみのおわったツメクサ畑のような、なめらかな草の道をあるいていった。

「あれだよ、ぼくのテント」

フルートが、金色にけむったはるかな草のうえをゆびさした。

「どこ?」

モミイチは、フルートのゆびさしたほうをながめたが、テントらしいものは見えなかった。

「あれだよ」

「あれ？」

草原のうえに木が一本だけつったってしげっているだけであった。

「あの木が？」

「そうだ、あの木だよ」

きっと木の根元にテントがあるのだろうと、モミイチはおもった。

だんだんちかづくにつれて、その木がとくべつに大きいことに気がついた。木の根元には、テントらしいものはなかった。

「大きな木だね」

「大きな木だろう。ダケカンバのおばけのようなものさ」

「こんなすごいダケカンバはめずらしいね」

「うん、めずらしいだろう。よくもいままでにカミナリにやられなかったものだ」

「カミナリがなりだしたら、どうする？」

「そのときは、にげることにしている。むこうのほうに、ボウクウゴウの穴をほってあるんだ」

「この木かげの草のうえにねるのかい？」

「ちがうよ、そんなケモノのようなことはしないよ」

「そんならテントは？」

「テントかい？　いま見せるよ」

101

「モミイチ、きみは高いベッドと、ひくいベッドと、どちらがよい？」

「さあ――」

モミイチは、兵隊のときのベッドと牧場の小屋のベッドしかしらなかった。高いベッドといえば、インドシナ半島やマニラにむかうときの輸送船のハッチのなかのカイコ棚のベッドは高かった。

「輸送船のベッドは高かったが、頭がつかえて、なんど頭をうったかしれやしなかった」

「ぼくのベッドは、頭をうつなんてことないよ。こんやのような月夜は、高いほうが気持がいいな――」

「おれは、どっちだっていいんだ」

フルートはダケカンバのうえのほうの枝からぶらさがっていたフジヅルをひっぱった。するとうえのほうから大きな鳥かごのようなものが、するするとおりてきた。

フジヅルであんでつくった人間が楽にねられるくらいの鳥かごであった。なかには、ワラのかわりに毛布をしいてあった。

「モミイチ、きみはそこでねるんだ。のったら高くつりあげる」

「え、おっこちやしないか、だいじょうぶ？」

「だいじょうぶ、ぼくも、もうひとつかごをおろしてのるから。ぼくのかごをひっぱると、このかごはうえにあがる。ぼくがもひとつのかごにのっておなじ高さのところでとめることにするよ。じゃあ、すぐにいくから……」

フルートは、いま一本のフジヅルをひっぱると、もうひとつの鳥かごがおりてきた。それにつれて、モミイチの鳥かごは地上をはなれてエレベーターのように上昇していった。

フルートが鳥かごにのりおわると、高いこずえのあたりまでのぼっていたモミイチのかごは、またさがってきた。

フルートがモミイチの鳥かごをつかまえてロープでふたつの鳥かごをゆわえつけた。

102

地上から二十メートルくらいの高さであった。こずえのしげみは鳥かごよりまだまだうえにあった。

「どうだい、ぼくのテントは？」

「すばらしいが、すこし、こころぼそいよ」

モミイチの声はおわりのほうがすこしふるえかけていた。モミイチは、高いところへのぼれば目がくらむ体質であった。

「こんないいながめだのに、こころぼそいだなんて……」

「ながめのいいことと、こころぼそいこととは、すこしもかんけいがないよ」

「そうかな」

「おれはアンボン島にいて、のどがかわいたときでも、ヤシの実をとりにヤシの木にのぼることができなかったんだ」

「すこしゆすってみようか、ラクチンだぞ」

「たのむ、たのむからおろしてくれ」

フルートは、モミイチのいのちがけの顔色を見て、あわれにおもいだした。

「しんぱいしなくっても、だいじょうぶ。フジヅルはきれやしないから、ねぞうがわるいなら、足と手をしばっておいてやろうか」

フルートは、ロープでモミイチの足と手を鳥かごにしばりつけた。

モミイチはやっと安心した。

「フルートをきいてもらおうか。なんの曲にしよう?」

「なんでもいいから、気持のおちつくのがいいな」

「じゃ、なにがいいかな、《ジョスランの子守唄》にしようか。それとも、《アベマリア》、うん、シューベルトの《アベマリア》にしよう」

フルートは、《アベマリア》をふきはじめた。

フルートの音がながれだすと、やっとモミイチは、しんぞうのドキドキしていたのがしずまってきた。

フルートの調べは空のうえから金色にけむるとおくの草原のほうへながれていった。

フルートの調べにつれ、草原の草の穂がさざなみのようにゆれて、それが月の光をうけて金色に光っていた。

103

「こんどは《ジョスランの子守唄》だ。モミイチねかしつけてやるからな」

フルートは子守唄をふきはじめた。

モミイチは下界のけしきをながめるのをやめて、じっと目をうえにむけていた。顔のずっとうえには、ダケカンバの枝や葉がかさをひろげたようにひろがっていた。ダケカンバの葉で顔のまうえの星を見ることはできなかったが、木の葉の一枚一枚がチョウチョがはねをひらいたりすぼめたりするように葉をゆりうごかしていた。

モミイチは、すぐにはねむくならないので、木の葉のゆらぎをしばらくながめていると、ちいさな枝がさやさやとゆれて、一ぴきのちいさなリスが顔をだした。ちいさなリスは枝にのって、枝をゆすりながらモミイチを見おろしていた。

リスはピョイと鳥かごをつったフジヅルにとびついた。そしてスルスルとおりてきてピョイとモミイチのねている鳥かごにとびうつった。リスは顔をモミイチの顔にすりつけて、ヒゲのはえた鼻先で耳のあなをくすぐった。モミイチはくすぐったいので、声をおもわず大声をだしかけたが、大声をだしてリスがおどろいてはいけないので、声をおしころしてしんぼうした。ところが、やっぱりくすぐったくてたまらなかった。くすぐったくて顔をうごかすとリスはよけいにあまえるように鼻をおしつけてきて、クウクウとないた。

モミイチはたまらなくなって、わらいだした。はじめのうちはちいさい声であったが、しだいに大きな声をだして、げらげらわらいだした。フルートがびっくりして子守唄をやめてのぞきこんだ。

リスにくすぐられてわらっていることに、フルートは、やがて気がついた。フルートもわらいだした。モミイチとフルートは声をそろえてゲラゲラとわらった。あまりわらうので、ふたりの鳥かごがぐらぐらゆれだした。

鳥かごがゆれると、ダケカンバのこずえもゆらいだ。リスは毛布のなかへはいってモミイチの胸にからだをすりつけて、さきにねむりだしてしまった。

104

あけがた、小鳥の声で目をさました。

あたりはまだくらいが、うえのこずえのしげみで小鳥たちがいっせいににぎやかにさえずりはじめたのであった。

カッコー、ウグイス、コルリ、ツツドリ、ヒガラ、シジュウカラ、ビンズイ、アカハラ、クロツグミ、ホトトギス、キビタキ、もっともっと種類がいるようであったが、ききわけることができなかった。

こんなにおおくの小鳥がいちどきにさえずりだせば、だれだって目をさまさないではいられないだろう。

この大きなダケカンバの枝のしげみは、小鳥のおやどのようであった。モミイチのねているところが、ちゅうにつりさがったフジヅルの鳥かごのようなものであるので、モミイチは、じぶんも小鳥たちといっしょに、小鳥のねぐら、小鳥のおやどで、夜をあかしたような気がするのであった。

モミイチは、ふと、ゆうべねるまえのリスのことをおもいだした。リスはまだねむっているかどうかかしらとおもってしずかにわきのあたりをさがしてみた。リスは、もういなかった。

ゆうべねるまえにリスがやってきて、モミイチの耳に顔をすりつけたり、毛布にはいっていっしょにねたのは、夢であったのかな、とふしぎな気がした。

わきの下になにか小石のようなかたいものがあるので、とりだしてみると、あおいまだじゅくしていないかたいクルミであった。

こんなクルミが――と、おもったひょうしに、モミイチはすぐにそのわけがわかった。きっとリスがゆうべモミイチの毛布のなかにねむらせてもらったお礼に、おいていったのだとおもった。そうおもうと、モミイチは愉快になってきた。あおいクルミをゆびさきでつまみあげてながめながら、ひとりでわらいだしてしまっていた。

105

フルートもとなりの鳥かごで目をさまして、小鳥のさえずりをきいているようであった。

空がちょっとあかるみかけると、小鳥たちは四方八方へとびたっていった。それぞれの一日のしごとにでかけるのであろう。

しずかなフルートの調べがながれはじめた。バラの花びらをすかしてみるような夜あけの光が草原いちめんににじんでいた。

「おはよう、よくねむれたかい？」

フルートは、一曲ふきおわると、モミイチのほうをむいてあいさつをした。

「おはよう。とってもラクチンだった。小鳥の声が、あまりうつくしいので、おどろいたよ」

「にぎやかだろう？　なれないものには、さわがしすぎたかもしれない」

「ここは、小鳥のおやどかい？」

「小鳥のおやどってきめたわけじゃないが、よくあつまってくるんだ。このちかくにちいさな泉があって、そこへ水をのみにいくかんけいもあるんだ。ジャムをつぼにいれて木の枝のうえにおいておくと、よろこんでつつくんだ。ここへくれば、ジャムがあるといううわさをきいて、つぎつぎになかまがふえたらしいんだ」

「小鳥のために、ジャムをつくっているのかい？」

「いいや、そうじゃない。はじめは、ジャムのつぼにアリがたかってこまるので、木かげにつりさげることにしたんだ。すると、小鳥のやつ、つぼのふちにひっついていたジャムをなめて味をおぼえたんだな。アリはたからなくなったが、小鳥がたかりはじめたんだ。小鳥がツボにフンをおとしたりすると、えいせい的によくないので、小鳥たちには小鳥用のジャムを用意して、たべさしてやることにしたんだ」

106

フルートがたれさがっている一本のフジヅルをひくと、上のほうから土ナベのようなものがおりてきた。その土ナベのようなものには、ふたがあって、まわりにどびんの口のような穴がたくさんあいていた。土ナベの直径は五十センチくらいあった。

「これが小鳥のジャム皿だ、いい形だろう？　このなかにジャムをいれて、ふたをしておくんだ。ふたをしないと、小鳥のやつたちジャムのなかにとびこんで、ころげまわってジャムづけになってしまうからな。まわりにあいているスイクチにクチバシをつきさして、ジャムをすするしかけになっているんだ。いっときに十六羽ずつがすえるように、スイクチを十六にしてあるんだ。いま、三十二羽と六十四羽用を注文してつくらしているんだ」

「これ、スヤキだろう？」

「うん、これはスヤキだ。スヤキにしておくと、夏はジャムがひえていいのだけれど、よごれがとれにくいというけってんがあるんだ。それで、やはりツルツルとしたえいせい的なトウキにすることにした」

「どこへ注文する？」

「ああ、こんなものは、なんでもないんだ。やきものはホルンがおとくいさ。ホルンにたのんで、こう、こう、こういうふうなものをつくってくれといえば、すぐに土をこねて焼いてつくってくれるよ。ぼくのジャムのいれものは、ぜんぶホルンのつくったつぼにいれているんだ。第一、ぼくの仕事場も倉庫も、ホルンのところといっしょなんだ。さあ、泉で顔をあらって、それから、仕事場へいき、ホルンといっしょに朝ごはんにしよう」

フルートは、小鳥のジャム皿をうえにつりあげ、モミイチの鳥かごを地上におろし、じぶんもフジヅルをひっぱっておりた。

107

「おれのツキスミは、まんじゅうやバナナがすきだった。ジャムをたべさしたことはなかったけれど、きっとジャムもすきだとおもうな」

モミイチはいった。

「うん、そうだろう。きっとモミイチがそんなことをかんがえているだろうと、ぼくは、こころのなかでおもっていたんだ」

　フルートは、ゆうべねるまえに、いままで日本じゅうの山のなかを旅をしているときに、どこで馬の蹄をきいたのか、おもいおこそうとしていた。フルートは野生の果実や木の実や草の実を日頃さがしまわっているので、ほうぼう旅をしてあるいた。旅さきで、カモシカのむれにも、サルのむれにも、モモンガのむれにも、鹿のむれにも牛や馬のむれにも、であったことがあった。平地の町のひとや高原の牧場のひともしらない山のなかでくらしているように、牛や馬だって、ひとのしらない山のなかでむれをつくってくらしているのであった。人間のためにつかわれたり、おどかされたりすることなく、自然のままにくらしているのであった。

　フルートは、けさも小鳥の声で目をさましてから、いままでにどこで馬のむれにであったかをおもいだそうとしていた。それがどこかおもいつかないのであった。

　馬のむれにあった場所は、どうしてもおもいだすことはできないが、いつかそのうちにまたあうだろうといって、いろいろと旅さきであった動物たちの説明をした。そして、もしいっしょにくらすことができるならば、こんどの夏のバザールのまつりがおわってから、いっしょにジャムつくりのしごとをしてみないか、と、さそった。

　モミイチは、フルートとくらすのもおもしろいし、クラリネットといっしょに花をおってくらすのもたのしそうだと、こころをうごかされた。しかしそのまえに、牧場

の主人に話さなければいけないので、

「かんがえておくことにしよう」

といった。

108

泉は、ダケカンバの木からほんのすこしはなれたコケモモのむらがりのなかにあった。小鳥のジャム皿とおなじぐらいの大きさの泉で、しずかに水をふきあげていた。

「さあ、顔をあらってくれ」

見たところ、オケもヒシャクも洗面器もなかった。モミイチは、

「どうぞ、おれはあとでいい」

と、えんりょした。

フルートはコケモモのうえにはらばいになって、顔を水につけた。顔を水につけたまんまで、ボコボコと水をふいた。

泉から顔をあげると、ぬれた顔をふくかわりに、コケモモにすりつけた。それでおわりであった。

モミイチも、フルートのまねをして顔をあらうことにした。

モミイチは、コケモモのうえにはらばいになって、泉の水をのぞきこんだ。

泉の水にじぶんの顔がうつっていた。そして、じぶんの顔のうえからもうひとつの顔がのぞいた。フルートの顔ではなかった。馬の顔であった。ツキスミがじぶんの頭のうえから泉をのぞきこんで、その顔がうつっているのであった。

モミイチは、いつかこんな風景を見たようなことがあった。インドシナのメナム河のほとりであったか、アンボン島のなぎさであったか、それはわすれたが、たしかに見たようなおもいでがあった。

モミイチは、水のなかのツキスミの顔をのぞきこんでいると、水底からボコボコと水がふきあがってきて、そのすがたはきえてしまった。顔をコケモモにすりつけて、それから青空をむいてひっくりかえってみたが、ツキスミなぞはいなかった。

109

ホルンのテントは、ちかくであった。

テントなどといえば、まちがいであった。

モミイチは目をみはっておどろいた。

ルリ色のつやつやとかがやいたかわらで屋根をふいたシナふうのあずまやのような家がたっていた。家のまえには、陶のこしかけが三つ四つおかれてあった。家のなかには、陶板をはりめぐらしてつくった王様のようなベッドがあった。ゆかには、モザイクもようの、やはり陶板がならべてしいてあった。

大きなトガの木のこかげのテーブルのまえに、主人はすわってホルンをふいていた。

ホルンは、モミイチとフルートのくるのをまってくれていたのであった。

テーブルのうえには、朝の食事が、もう用意されていた。ゆでタマゴをいれたタマゴたても、パンの皿も、コップもミルクつぼも、ハチミツのつぼも、フルーツをもった皿も、みんなうつくしく形もおもしろい陶器であった。

「おはよう、鳥かごからついらくしなかったかい、モミイチ？」

「おれは、あんなねどこうまれてはじめてだ」

「こんや、おれのベッドにねてみないか？」

「こんなかたいタイルのようなベッド、いたいだろう？」

「いいや、すずしくてひやっこくて、夏むきで気持がいいこと、このうえなしだ」

モミイチは、スラバヤの陸軍病院にいたとき、犬が石のろうかにペタリと腹をひっつけてひるねをしていたのをおもいだした。

「夏はすずしくていいだろうが、冬はこまるだろうよ」

「なんのこまることがあろうものか。冬のほうが、もっととびきり上等だ。陶器を焼くかまどのうえにベッドをつくりつけるんだ。下からポカポカとあったまってきて、ハダカでねていても汗をかくくらいさ」

110

三人は朝の食事をはじめた。

食事のあいだに、モミイチはフルートとホルンからいろいろしごとの話をきいた。

フルートは、夏のあいだはおもにこの附近、つまりバザールにちかいところでジャムつくりのしごとをした。アンズ、スモモ、ハタンキョウ、グーズベリーをはじめ、いろいろの果実や木の実や草の実をハチカイから買ったハチミツといっしょににつめて、ジャムをつくるのであった。できたジャムは、ホルンにつくってもらった陶器のつぼにいれて、バザールへ売りだすのであった。春から秋にかけてたくさんつくり、冬のあいだの分をたくわえておかねばならなかった。たくわえる分は、大きなつぼにいれて冷蔵庫にしまっておくのであった。冷蔵庫というのは、土をふかくほった穴のなかのことである。しかもこの冷蔵庫は、フルートが苦心をしてほる必要はなかった。

ホルンが陶器をつくるために土をとった穴をフルートがうまいぐあいに利用しているだけのことであった。

フルートのつくったいろいろの種類のジャムを、少しずつ味わってみたが、あまいのからすっぱいのまで、なん種類もできていた。からいジャムやピリピリと舌のさきのしびれるようなジャムもあった。カボチャのジャムというのは、カボチャのにつけとほとんどおなじ味であった。

食後の紅茶がでたとき、フルートもホルンも、さとうはいれずに、グーズベリーのジャムをなめながら紅茶をのんだ。モミイチも、それのまねをした。

111

ホルンは土をこねて焼いて陶器をつくるのがしごとだが、およそ土でできるものはなんでもつくっているようであった。

大きいものから、台所に必要ないろいろな道具類、ちいさなものではイヤリングやブローチ、ネックレス、ユビワまでつくっていた。

土で小鳥の笛もなん種類もつくっていた。ウグイスもカッコウもブッポウソウもあった。

ヴィオラにたのんでオーケストラの曲のなかへこの土笛の音もいれてもらうのだ、といっていた。

ホルンの仕事場は、ここだけではなかった。陶器をつくるのには、土と、かまどにたくさんマキがいり用であったので、ほうぼう各地に仕事場を作っていた。

「きのうきいた話、それ、白鳥がホルンのラッパのなかでヒナをかえしたって、あれはどこなんだい?」

モミイチがたずねると、ホルンはニヤニヤしながら、

「あれはずーっとむこうの、みずうみのほとりさ」

モミイチは、ホルンがニヤニヤしているので、やっぱりあやしいとおもった。

「あの話は、うそかい?」

「あれはだな、まるっきり、うそってことはないし、まるっきりほんとうってことはない」

ホルンは、わらっていた。

フルートが、

「モミイチ、あの話を、ほんとうにしていたのかい？」

「なんだかおかしい気もしていたが……」

「ファゴットやチューバがすました顔をして、あんな大ぼらを話すもんだから、おれもいっちょかついでやろうとおもっただけだよ。しかし、白鳥がいっぱいとんできて、そしてなついて、平気でホルンのラッパの口にまではいったりするのは、ほんとのことだ」

フルートは、そのことだけは信じてほしいという顔つきでいった。

「しかし――」

とフルートがいいだした。

「モミイチが、とつぜん、馬蹄のひびきが空からきこえるといったのには、おどろかされたなあ」

モミイチは、頭をかいた。

112

「白鳥のくるのは——」

ホルンは、きのうのホラ話をていせいして、ただしくつたえなければならないので、まじめな顔つきになって説明をはじめた。

白鳥のくるのは、風花(かざはな)の空にまいくるう季節である。

高い山のみねから風にのって風花がとんでくるように、白鳥も山のみねをこえてとんでくる。はじめはちいさくて、それこそ風花と見まちがえるくらいである。

風花のようなちいさい雪のひらが花びらのようになり、ボタン雪のようになり、それからやがて、つばさの形もはっきりとしてきて、長い首を水平にのばした白鳥のすがたが見わけられるようになる。

白鳥たちはひとかたまりの花びらか雲のようになって、長い旅をしてきた。

まちかまえていたホルンは、みずうみのほとりで白鳥によびかけるようにホルンを口にあて、歓迎のメロディを奏(そう)するのであった。ホルンはいつも冬には、みずうみのほとりのかまどで火の番をしているので、白鳥がくるのを見はっているようなものであった。

白鳥のむれは、ホルンの調べにさそわれたように、きまってみずうみにまいおりてくるのであった。

月夜の晩に、空から列をつくって白鳥がまいおりてくるときはうつくしい。白鳥のはねが月の光をうけて、エメラルドやアメジストのすきとおったほのかな光をはなっているようであった。月からみずうみにオーロラの橋をかけたようなものであった。

113

モミイチは、ホルンの案内でロクロをすえつけた仕事場や、いろいろなうつくしい製品や道具類などを見せてもらった。

冷蔵庫は深い穴のなかに横穴をあけてつくられてあった。めずらしい種類のジャムやマーマレードが、陶製のつぼにいれてならべてあった。

フルートとホルンとモミイチが、冷蔵庫の穴からそとへはいだしたところへ、背の高い男が二人やってきて、フルートとホルンにあいさつをかわして陶のいすに腰をかけた。

二人とも背が高かったが、ひとりはやせていてヒョロヒョロとした感じであった。

トランペットににて、管のもっと長いラッパをもっていた。

ひとりは、背が高く色がくろくがっしりしていた。その男は、クラリネットによくにた木管の笛をもっていた。

ホルンが二人をしょうかいした。

ヒョロヒョロしたかんじの男がトロンボーン吹きで、がっしりしたほうの男はオーボエふきであった。

モミイチは、二人ともどこかであったことがあるような気がした。戦地で見たことのある兵隊ににていた。

トロンボーンは「木の実細工屋」で、オーボエは大工がしごとだといった。

「おい、ジャムを、なめさして、くれろ。そして、紅茶を、な」

オーボエがいった。オーボエがこのことばをいいだすまでに、一分間の二分の一ぐらいの時間がかかった。ひどいドモリであった。

モミイチは、兵隊でいっしょであった江藤という、もと大工の兵長をおもいだした。大工のオーボエは、江藤によくにていた。

ヒョロヒョロしたかんじのトロンボーンは、スラバヤのみなとのちかくで木の実細工を売っていたアラビヤ人に、どこかにているようであった。

114

トロンボーンとオーボエをむかえて、五人は紅茶をのんでジャムをなめた。

ここにいるものたちは、みんなしごとの季節はずれで、のんびりとしていた。フルートだけが、アンズの季節であるから、しごとをすることができた。けれども、フルートもあくせくしてはいない。

モミイチは紅茶をすすりながら、トロンボーンとオーボエのしごとの話をきいた。話のなかで、ツキスミのニュースをしることができるかもしれないと、モミイチはかんがえていた。

トロンボーンは、いろいろなかたい木の実や、草の実や、アンズ、モモ、ウメのたねなどを利用して、いろいろ細工物をつくるのがしごとであった。かれは首から長いジュズのような輪をかけていて、それをとりだしてみせてくれた。

「長いジュズだな」

というと、

「これはジュズじゃないんだ。マリアさまをおがむときにつかうロザリオというものだ。これをからだにつけておくだけでも、マリアさまのおまもりがあるんだ」

モミイチは、マニラの病院にいたとき、フィリッピン人の男がロザリオを首につって、胸に十字架を光らせていたことがあるのをおもいだした。

トロンボーンは、そのほか木の実でつくったボタンやブローチをポケットからとりだして見せてくれたが、こまかい細工をしたうつくしいつやのある品物ばかりであった。アンボン島のむすめが首にかけていた貝のネックレスにもまけないくらいのうつくしさであった。モミイチは、ひとつジュズがほしくなった。輸送船といっしょに海の底にしずんだ戦友や軍馬のために、ジュズをつくってていのってやりたい気持がおこってきた。

ジュズはいくらぐらいで買えるだろうか、とたずねると、バザールへいけばいろいろな種類があるということであった。そしてべつだんお金をださなくても、モミイチがこしにさげているうつくしい音の鈴をもっていって、物々交換すればよいのだと、横からフルートがいいたしてくれた。

115

兵隊の江藤兵長ににたドモリのオーボエの話をきくのには、モミイチは苦労をした。

オーボエは、いっしょうけんめい話をしようとつとめてくれるのであるが、ことばがすらすらとでてこなかった。モミイチはオーボエの顔を見ていれば気のどくだし、横をむいていれば失礼であった。

オーボエは手先が器用で、大工しごとをすることができた。かれは大工道具一式とオーボエとねぶくろをかついで、あちらこちらとジプシーのあいだをうごきまわっているのであった。大工しごとのいりようなジプシーたちは、オーボエにてつだってもらった。たとえば、ハチカイが巣箱をつくるときであるとか、ティンパニが水車小屋にあかりまどをつけたり、こわれたゆか板をとりかえるしごとであるとか、コントラがハタオリのきかいをつくるときであるとか、しごとはいろいろたくさんあった。そして、ジプシーたちはオーボエのおうえんをありがたがっていた。

オーボエは、じぶんの仕事場とかテントをもっていなかった。しごとをしにいったさきで、そこのジプシーの小屋やテントでねることにしていた。

ほかのジプシーにめぐりあわず、ただひとりで旅をしているときには、木の枝や木の皮ですぐにかんたんな小屋がけをした。寒いときにはねぶくろにはいった。

オーボエがいそいでものをいおうとしてどもるところは、兵長の江藤にまったくよくにていたが、江藤兵長にまるでにていないところもあった。それは、かれのつぎのような話のなかみである。

「――おれが、そもそもジプシーになったのも、人間のさびしさをまぎらそうとするためであった。ひととはなれて山のなかをさまよっていることは、そりゃさびしいさ。しかし、人間てものは、人間と人間といっしょにくらしていてもさびしいもんだから、しょうがねえなあ。はやくあきらめてしまって、雲や小鳥や星たちとなかよしになっているほうが、いくらかましかもしれねえ。おれがオーボエなんてけいこしはじめたのも、いや、おれだけじゃねえ。ジプシーたちがみんなそろって笛をふいたりラッパをふいたりするのは、みんなちからいっぱいためいきをついているみたいなものなのだ――」

116

オーボエが、どもりどもり、いいにくそうに話したので、オーボエのいっていることは、モミイチには、なんのことかはっきりわからなかった。オーボエがどもりながら話したから、とくにわからなかったのではない。話のなかみが、なにをいっているのかわからなかったのである。いや、すこしはわかるようである。オーボエのかんがえている人間のさびしさについて、オーボエの話しぶりには、なにか、かんじがあった。

五人はゆっくり話をしてから、それぞれの楽器をもって、きのうのようにティンパニの水車へでかけていった。

水車へいくみちみちでも、ジプシーたちの話は、バザールの夏まつりのことでもちきっていた。

つぎの満月がバザールの夏のまつりであった。年に一度の大きな市がたつので、バザールにあつまった品物を見るだけでもたのしいということであった。それに、なん百人かのジプシーの大オーケストラが演奏されるし、いろいろのみせものやたべものの店もでるので、ジプシーたちは子どものようなたのしみかたであった。

フルートも、ホルンも、オーボエも、トロンボーンも、みんな口をそろえて、モミイチにぜひ見物にこいといった。

谷間の水車小屋へ到着すると、まだ時間かはやいのか、だれもきていなかった。ティンパニがトチの実を粉にひいているところで、頭のさきから粉をまっしろにかむっていた。そして、トロンボーンとオーボエを見ると、

「いよう、よくきたな。きのうはおまえさんたちがたりないのでこまったぞ。トロン

ボーンとオーボエがそろうと、ヴィオラ兄貴もよろこぶだろうよ。モミイチ、ゆうべどこでねたんだ。ああ、フルートの鳥かごだな。夜中におっこちやしなかったかい?」

117

モミイチは、もうきのうからティンパニともなじみになっているので、平気で話をすることができた。

ティンパニは、いつも水車のガタンゴトンというそばにいるうえに、楽器は地ひびきのような音をたてるティンパニをたたいているので、かれの話す声も大きくなっていた。

「きょうは、みんなにトチ餅(もち)をごちそうしてやろうとおもってな」

と、ティンパニはいった。

「じゃあ、てつだいましょう」

モミイチはいった。

モミイチはティンパニをてつだって、粉に水をまぜて板のうえでなん回もこねくりまわした。そして手のひらに水をつけて、てきとうな大きさにちぎってまるめた。

フルートも、ホルンも、オーボエも、トロンボーンもみんなてつだった。ちぎってまるめた餅のなかに、クルミのさとうだきをつめたり、ジャムをいれたり、アンズのあまだきをつめたりした。そしてそれをせいろにいれて、火にかけてむした。せいろをふかしてできかかったころには、ゆうべあつまった連中が、だんだんとやってきた。

そして、みんな大声でおもしろいことをいっては、ひとをわらわしたり、じぶんもわらったりした。みんな小屋にやってくるなり、鼻をクンクンいわせて、トチ餅のせいろからふきだしている湯気のにおいを犬のようにかぎにいった。

ティンパニが火をひいて、せいろのふたをあけると、おいしそうなトチ餅ができあがっていた。

118

みなで、トチ餅を、わいわいさわぎながらたべているところへ、二人のわかいジプシーがやってきた。二人ともせなかに大きな竹かごをせおっていた。桑の葉をつむときのようなかごであった。そして手にはアンコロンをもっていた。

いよう

いよう

よお、ひさしぶりで

元気かい

みんな、口ぐちにあいさつをかわした。

モミイチは、この二人を一度どこかで見たことがあるような気がしたが、おもいだせなかった。

ティンパニがモミイチに二人をしょうかいした。

「タケバヤシとチクリンだ。こちらはモミイチ」

二人は、かるく頭をさげた。

モミイチは、ていねいに頭をさげておじぎをしたが、頭をさげているあいだに「これはおかしいぞ」という気がした。タケバヤシもチクリンも漢字で書けばおなじではないか、どちらがタケバヤシで、どちらがチクリンなのだろうか、と顔をあげると、二人ともすました顔をしていた。ティンパニも、じょうだんではないような顔つきをしていたので、モミイチはたずねるのをやめてしまった。

モミイチは、アンコロンをながめるのは、日本へかえってはじめてのことで、なつかしかった。チクリンとタケバヤシのもっているアンコロンは、アンボン島で見たものとおなじかっこうの竹でできていた。二人があいさつがわりに、ちょっと短い曲を鳴らして見せたが、さわやかなすみきった竹のひびきも、アンボン島できいたものとおなじであった。

「長らくあわなかったな、どこへいっていたのだ？」

みんなが、口ぐちに話しかけると、

「大旅行をしていたんだ。いま話すから」

といって、ティンパニに水をもらってひといきにのみほした。

119

タケバヤシとチクリンは、かわるがわる二人の大旅行について話をはじめた。話をきいているうちに、二人のジプシーは竹細工をしごとにしていることがわかった。

大旅行というのは、こうであった。

二人は竹細工をつくっては売りながら旅をしているあいだに、九州の南のはしまでいってしまったのであった。しごとは竹細工であったが、ほんとうのしごとは、アンコロンと竹笛をつくることであった。うつくしい音色のアンコロンと竹笛をつくって、山のなかをさまよっているのが、二人の一番のたのしみであった。しかし、たべるものも買わなければならないので、竹細工をつくって売ったり、あるいはアンコロンや竹笛でうつくしい曲を演奏しては、お金をもらうこともあった。

二人は旅をしながらも、いつもアンコロンや笛の材料にする気にいった竹を、いっしょうけんめいにさがしていた。二人が九州の南のはしまでいったのは、九州の南のほうにめずらしい竹があるということをきいたからであった。

めずらしい竹をさがして九州の南のあるみなとへやってきたとき、かれらは波止場にこしをおろして海をながめ、竹笛をふいていた。

波止場には船をまっているひとたちがいた。

このひとたちは、九州よりもまだ南の島じまにすんでいるひとたちであった。二人のまわりにひとびとがあつまってきた。二人の竹の音楽を、みんなうっとりとしてきいてくれた。だれも船にのるまえには、しんみりとした気持になるので、よけいに二人の竹の音楽が、こころにしみるのであった。

タケバヤシとチクリンが、むちゅうになって演奏していて、ふと気がつくと、人垣(ひとがき)のすみっこのほうで、目をふいているむすめさんがいるのに気がついた。どうしたのだろうか、とおもって気をつけてみると、そばにいるおじいさんも目になみだを光らせていた。

120

二人が演奏をおわると、ひとびとは熱心に手をたたいて、そしてお礼のお金を、まえにおいてあるかごのなかにいれた。

おじいさんとむすめがちかづいてきて、

「あなた方もヤエガキジマにいかれるのですか？」

とたずねた。

ヤエガキジマ？……

二人は船にのることもかんがえていなかったので、キョトンとしていると、おじいさんはいった。

「あなた方は、きっと、ヤエガキジマにかえられるのだとおもっていました。ヤエガキジマは、わたしのふるさとです。ふるさとの浜辺には、竹のようなアシの林が浜辺にしげっています。浜の子どもたちは、アシの根をきってアシ笛をつくりました。それはそれはうつくしい音色でした。アシの根の太いのや細いのや、長いのや短いのや、それぞれにちがった音がでるので、子どもたちはなん本もなん本もアシ笛をつくりました。わたしもいまこうして海にむかってたっていますと、ふるさとの浜辺の子どもたちのアシ笛の音が、風にのってきこえてくるような気がいたします。

子どもたちのつくるアシ笛のほかに、風のアシ笛も、それはそれはうつくしい音色をひびかせます。海からの風が島にむかってふいてきますと、海ぎわのアシの林が風にそよぎます。そのときのアシの葉ずれのほか、アシのクキのあいだをすりぬける風が、笛のようにうつくしい音をたてるのです。風の強さ弱さ、アシのクキのしげりぐあいで、ふきぬける風の音もさまざまなのです。さまざまの音がまじりあって、うつくしい音楽の調べをかなでていました。わたしたちは、それをアシの風琴(ふうきん)とよんでおりました。こうして海をながめていると、ふるさとの浜辺のアシの風琴がきこえてくるようでございます。

わたしたちの島のこと、ごぞんじでないならば、ぜひヤエガキ島においでになりませんか。そしてアシ笛をつくってふいてみてください。海からの風のかきならすアシの風琴に、ぜひ耳をかたむけて下さい」

121

ヤエガキ島はとおいとおい海原のうえにあった。

タケバヤシとチクリンは、長い船旅をして、ヤエガキ島にたどりついた。おじいさんの話にさそわれて、二人はフラフラとでかけてしまったのであった。いや、おじいさんの話だけではないようだ。二人のアンコロンや竹笛をきいて、少女のまつげのあいだに光ったうつくしい真珠のようなものが、二人のこころをとらえたのであったのかもしれない。

とにかく、二人は海をこえて旅していった。

海ぎわにアシの林があって、島の子どもたちは、朝な夕な、アシ笛をふきならしていた。また、朝なぎ夕なぎのときをのぞいては、海からの風がアシの風琴をやさしく悲しく、ときにははげしく、かき鳴らしていた。

タケバヤシとチクリンは、子どもたちにおそわって、アシ笛をつくった。細い根や、太い根や、根のまがりぐあい、ふしのつまりぐあいで、いろいろと音色のかわるのがおもしろかった。二人のつくるアシ笛は、いろいろとくふうをこらすので、島の子どもたちよりも、はるかにうつくしく、また奇妙な音をだすことができた。アシ笛をはじめにおしえた子どもたちが、こんどは、二人からいろいろと笛のつくりかたをならうようになった。島にはアシのほかに、竹もあった。竹でもいろいろな笛をつくったり、アンコロンをつくった。アンコロンは、その島でははじめてなので、島のひとたちはめずらしがった。島にはむかしからつたわっている悲しい調子の民謡があったが、アンコロンでその民謡をかなでると、いっそうつくしくあわれにかんじられた。

月のあかるい晩には、砂浜で、村のひとたちは輪をつくっておどったが、アンコロンのかなでる調べが歌声にまじって、かならずきこえてきた。

122

島で二人は、笛ばかりつくっていたのではなかった。竹をきって島のひとたちのいりような品々を器用につくった。島のひとたちは、たいへんよろこんだ。食器、台所道具はじめ、いろいろの道具から装飾品まで、二人のつくった品々は、みんなに珍重された。

二人はいつまでも島にのこってくれとたのまれたが、バザールのジプシーの夏まつりがちかづいたので、いつまでも滞在するわけにはいかなかった。

二人がこの話をしているとちゅう、ときどきはさんだことばで、波止場で真珠のようななみだを光らせたむすめとのさよならが、とってもつらかったらしいことがさっしられた。しかし、そのことはあまりくわしく話をしなかった。バザールの夏まつりがおわれば、またヤエガキ島にいくのだとはりきっていた。

「そんなにヤエガキ島が気にいったのなれば、かえってこなくてもいいのに」

と、ティンパニがからかうと、

「いいや、ぜひかえりたかった。ぼくたちは、夏まつりまでにここへきて、すばらしいものをつくりあげて、みなをおどろかしたかったのだ。二人は島にいるとき、そのことばかり相談していたのだ。そのための材料も、ずいぶんたくさん用意してかえってきたんだ」

と、二人はおなじようなことを、かわるがわる意気ごんでまくしたてるのであった。

「なにをつくるんだ」

ティンパニがたずねると、

「どうしよう、話そうか」

「そうだな、どうせわかることだから。それに、ティンパニの水車にも、てつだってもらわなくっちゃならんからな」

と、二人はいった。

「水車にてつだってもらうって、おかしいじゃないか。水車のティンパニにてつだってほしいんだろう?」

ティンパニは、からかった。

「いいや、ティンパニの水車に、てつだってもらいたいのだ」

タケバヤシが、まじめな顔でいい、チクリンがあいづちをうった。

123

すばらしい計画というのは、二人で大きな風琴をつくりあげることであった。

水車を利用して風をおこし、その風がなん本もの竹のパイプのなかをふきぬけるように設計し、竹のパイプのさきに竹笛を装置しておくという方法であった。竹のパイプは、細いのや太いのや、長いのや、短いのなど、なん種類も用意し、竹笛も同様に、いろいろな音色のものが用意されているのであった。

水車のおこす風力が一定であれば、竹笛の合奏するメロディも一定で単調であるので、風力にも竹のパイプの弁の調節で変化をつけて、風の強弱で風琴のかなでる調べがいつもおなじでないようにしたいと、気もくばっているということであった。

竹でつくったパイプオルガンともいうべきこの楽器は、ふつう外国のお寺にあるパイプオルガンよりも、はるかにすみきって、そしてやわらかい音色をだせることが特徴であった。ふつうのパイプオルガンは、ベートーベンやバッハなどの天才の音楽以上のものを弾くことはできないが、この大規模な風笛であれば、演奏者は人間ではなくて、谷川の自然のながれである。ベートーベンやバッハのような偉大な天才さえも創造することのできなかった音楽をつくりだしてくれることは、まちがいないであろう。マネやモネやコローやシスレーでも、夕映雲のうつくしさを、自然以上にうつくしくえがくことはできなかった。セガンティーニの高原の空が、いかにあかるくすみきっていようと、自然の高原の空のうつくしさにかなうものではない。

谷川のながれや風の音を、そのままきくのでは芸術ではないが、じぶんたちが苦心して研究してつくりあげたうつくしい音色の竹笛を、谷川の水と、水の力でおこった風によって合奏してもらう風琴である。いわば自然と人間との共同作業によって作曲し演奏をおこなうのである。このようなうつくしく偉大なる楽器が、いまだかつて歴史に存在したことがあるであろうか——。

タケバヤシとチクリンは、顔に汗をかきながら、一心に説明をした。

124

オーケストラの練習がはじまった。

きょうは楽器の種類がそろっているので、指揮者のヴィオラのきげんもよかった。モミイチも鈴を鳴らした。モミイチは楽譜をよむことはできないが、指揮者の目のサインをすばやくよみとって鈴を鳴らすことにしていた。

ヴィオラは、タケバヤシとチクリンのアンコロンも、オーケストラのメンバーのなかにいれた。

ジプシーたちはあそんでいるときにはじょうだんばかりいったり、ほら話をまじめくさった顔で話したりするのであるが、ひとたび音楽の練習がはじまると、一心ふらんであった。

なん回も練習しては、なん回も休憩をした。

休憩のときに、きのうとおなじ虹色のミネラルをのんだ。

だいたい練習がおわったあとで、みんなが「やってくれ、やってくれ」といったので、タケバヤシとチクリンが、アンコロンの合奏や、《アンコロンと竹笛のための協奏曲》というのを演奏した。

モミイチは、アンボン島で、島のひとたちの鳴らすアンコロンをきいて胸のいたくなるような感激にひたったのをおぼえているが、きょうのアンコロンは、そのときよりも、もっともっとすばらしいものであった。

モミイチはうっとりとなって、目をつむって耳をかたむけていた。目をつむっていると、まぶたのそとがわがあかるくなったようであった。まぶたのそとがわがあかるくなったのは、谷間の空に月がでて、月の光が木の間(こま)から細い噴水のようにながれこんで、それがまぶたのうえにそそぎかかっているからであろうか。

モミイチは、まぶたのうえにそそぎかかる光のつぶのしたたりを、まばゆくおもいながら、じっとアンコロンに耳をかたむけていた。

125

夜あけの森に小鳥たちがさえずりさざめいて、森の木々の幹(みき)に、その声がこだましていた。

やがて森の木々のあいだに白い朝霧(あさぎり)がたちこめて、あたりがかすんだようにあかるくなってくる。

花のかおりが風にはこばれてきて、モミイチの鼻のあなをくすぐる。くすぐったい、うっとりする夜あけだ。

森のなかいっぱいにさえずりあっている小鳥の声が、一定のメロディとなってきこえてくる。

ああ、あれはアンボン島の夜あけだ。

モミイチは、海ぎわの椰子の葉で屋根をふいたそまつな手製の小屋のなかにねているのだ。

小鳥の声だとおもっていたのは、アンコロンの合奏だ。モミイチは、アンコロンの音に、アンボン島の夜あけをおもいうかべていた。

アンコロンの音は、こんどは、なぎさによせる波の音に、かわっていた。なぎさでは、真珠のレース編みのように、みなわが花をさかせていた。

水の色は、場所によりトルコ玉やジルコンやアメジストの色をして、すみきっていた。海の水が、もともと、トルコ玉やジルコンやアメジストの色をしていたのか、水底（みなぞこ）の小石が、トルコ玉やジルコンやアメジストのような石だったのか、どちらかはっきりわからなかった。

すみきった水底に、カニがはっていた。カニは、八本のあしをつかって、小石のうえを用心ぶかくあるいていた。カニのあしが小石にふれると、じょうずなピアニストの指がピアノのキイにふれたように、うつくしい音をひびかせた。トルコ玉やジルコンやアメジストの小石が、ピアノのキイかオルゴールのキイのように、音をたてているのであった。

126

海底の小石をカニがあるいてひびかせるすみきったうつくしい音色は、またアンコロンにかえっていた。

こんどは、アンコロンがハタをおるオサの音にきこえてきた。

椰子の木陰で、島の少女がハタをおっていた。木の根の皮や草の花の汁でそめた糸を、かんたんなハタおり機でおっていた。うつくしいカラクサ模様がおりあがっていた。

カラララン　コロロラン

カラララン　コロロラン

カラララン　コロロラン

単調なしらべが、林のなかにこだましていた。

ステンドグラスのような夕映え(ゆうば)がやってきて、やがてあたりがくらくなると、椰子の葉のうえに月がでた。

島のひとたちは、輪をつくってうたいながら、モミツキをはじめた。稲を脱穀(だっこく)するのに、木のウスにキネで、モミをつくのであった。

アンコロンの音はモミツキの音と歌にかわっていた。

月の光が、いよいよあかるくなってきているのが、目をとじていてもわかった。月の光のこまかい噴水のようなつぶが、まぶたのうえにあたっては、はぜかえっていた。

アンコロンの調べが、こんどは浜辺をあゆむ足音にきこえてきた。サンゴショウの岩のうえを、だれかがあるいているようであった。ひとりではなかった。足音がいりみだれているようすでは、二人か三人くらいであった。なかのよいともだちが、二、三人で散歩しているような、かるい足どりであった。耳をすましていると、モミイチは、それがじぶんの足音であることに気がついた。じぶんがサンゴショウの岩のうえをあるいているのだ。そして、じぶんと肩をならべてあるいているのは、どの兵隊よりもどの人間よりも、一番なかのいいツキスミであった。

127

モミイチはたまらなくなって、水車小屋からふらふらっとでてしまった。

ジプシーたちは、モミイチがそのあたりを散歩でもするのだろうとおもって、よびとめもしなかった。

モミイチは、ぼんやりとツキスミのことをかんがえながら、ながれにそってあるきだしていた。

谷の坂道をのぼっていくと、月のあかるい広場があって、そこにツキスミがむかえにきてくれているような気がしてならなかった。

きのうキベリタテハチョウがいちめんにまっていたあたりに、ひょっとすると、ツキスミがいるのではないだろうか。

モミイチは水のながれからはなれて、坂道をのぼっていった。

月があかるくて、きのうキベリタテハチョウのいちめんにまっていたあたりには、夜だのに、きのうとおなじように、キベリタテハチョウがむらがってまっていた。

ツキスミがどこかにまっているのではないかと、とおくをすかしてみたが、ツキスミのすがたは見えなかった。どこかからいななきでもきこえてきはしないだろうかと、耳をすましてみたが、ツキスミのいななきも蹄の音も、きこえてこなかった。

モミイチは、とぼとぼとあるいていった。

コメツブシロハナの林にやってくると、林のなかからしずかな鈴の音がきこえてきた。モミイチのつりさげた鈴が、風にゆれて鳴っているのであった。モミイチは鈴の音をたよりに、コメツブシロハナの林をくぐりぬけることができた。

林をでたとたんに、白いきりがふきよせてきた。モミイチは、きりのなかをすすんでいったが、雲のなかをあるいているようであった。

きりは、いつまでもちぎれなかった。それどころかますます深くなっていって、足もとさえもわからなくなってしまった。

そのうちに、ほうぼうの森の木々がざわめきだしたかとおもうと、あられのような大つぶの雨がふりだして、あたりが雨脚（あまあし）でけむって、なにも見えなくなってしまった。

モミイチはずぶぬれになって、まえへすすむことも、うしろへさがることも、できなくなってしまった。コントラやヴィオラやヴァイオリン少女のテントがどこにあったのか、見当をつけるどころではなかった。

128

牧場のひとたちは、しんぱいした。

モミイチが高い熱をだして、顔をまっかにして、フラフラとかえってきたのであった。

牧場にかえりついたのは、朝十時ごろであった。

夕立にふられてぬれたのだ、といった。その夕立は、朝方ちかくまでふりつづいた、といった。

それにもかかわらず、モミイチの服はぬれていなかった。かんからかんにかわききっていた。

牧場のひとたちがどこへいっていたのだときいても、うわごとのようなことしかいわなかった。

すぐにくすりをのませて、ベッドにねかしつけた。頭をひやしたり医者をふもとの町からよんだり、たいへんなさわぎであった。

モミイチの熱は、なかなかさがらなかった。

モミイチは、くるしそうにあえぎつづけていた。そして、ときにわけのわからぬことを口ばしった。
フォルテ　フォルテ　フォルテ
クレッセンド　クレッセンド　ディクレッセンド
ティンパニドンドンドン　ハイ　ドンドンドン
ベートーベン　モーツァルト　クラリネット
白鳥のたまごとハチミツ
アンボン　アンコロン　アンボン　アンコロン
のどがかわいた　ミネラル　ミネラル
どこだ　どこだ　おーい　おーい　ツキスミ　ツキスミ
ツキスミ　かわいよな　あいたいよ
なあツキスミ　寒いか　かあいそうよな。雨はつらいよな、こらえてよな。ツキスミ　おれはあいたいよ
ツキスミどこだ　ツキスミつらいよな　いつもいつも　いっしょにいたいよな。
モミイチは高熱にあえぎながら、なみだをながしていた。
ツキスミ　ツキスミ——と口ばしって、なみだがとまらなかった。

129

四日目になって、やっと熱がさがった。

熱がさがって四、五日、まだベッドにねたきりであったが、やがて元気をとりもどした。

モミイチのからだはもとどおりになったが、頭のほうはおかしくなってしまった、と、牧場のひとたちはおもいこんでいた。

モミイチが以前から、ふいに、「馬蹄の音がきこえてくる」と、まじめにいいだすので、ひとびとは、モミイチの頭はすこしおかしいとおもっていた。ところがこんど、雨にぬれたといって山の炭焼場からかえってからは、いっそうわけのわからぬことをいいだすのであった。

モミイチにすれば、りくつがすっきりとおっているのであるが、いくら説明をしても、牧場のひとたちは、まるっきり信用してくれなかった。

かあいそうに、モミイチは高い熱をだして、ますます頭がおかしくなった、と牧場のひとたちは信じこんでしまっていた。

モミイチも、ジプシーのことを説明する気にはならなかった。モミイチは、だれにも、ジプシーやバザールの夏まつりのことは話をしないでおこうとおもっていた。

そして、こんどの満月がきたならば、どんなことがあっても水車小屋へでかけていこうと、こころにきめていた。

牧場の主人は、じぶんの家族や牧場ではたらいているひとたちに、こっそりと注意をしていた。

「モミイチは、ふびんなやつだ。いよいよ頭がおかしくなってしまった。もしフラフラッと山へでかけていって、がけからおちたり、山にまよったりするとあぶないから、どこへもいかせないように、よく気をつけておくれ」

年とった牧夫の一人がいった。

「モミイチは、キツネツキですよ。キツネをおいだしてやらないことには、またフラフラッとでかけますすよ」

130

牧場のひとたちが案じるほどのことはなかった。

病気がなおってから、モミイチはもとどおりに元気にはたらきだした。もともと無口で、ひととあまり話はしないが、ニコニコとわらって愉快にはたらいていた。以前となんのかわりもなかった。

休憩時間になると、草原にねころんで、雲をながめたり、とおくの山をながめて草笛をふいたりしていた。

もう馬蹄のこともいいださなければ、熱にあえいでいたときのような、わけのわからぬこともしゃべったりはしなかった。

牧場で一番暑い季節がやってきた。

ボウフウの白い花が、あちらこちらにさいて、イワヒゲが星屑（ほしくず）のような花をまきちらしていた。

モミイチが熱にうなされているあいだに、月もげっそりとやつれて細くなっていた。そしてやがて上弦（じょうげん）の新月がかがやきだした。新月は細いが、すみきった光は、あかるかった。

モミイチは一日のしごとがおわると、月のでるのをまつようになった。

新月がだんだんと太くなるにつれて、牧場にちらばっているボウフウの花が夜も見えるようになり、そして星屑のようなイワヒゲの花まで、月の光で見えるようになった。

モミイチは牧場のひとに感づかれないようにだまってはいたが、こんどの満月には、どんなことがあってもジプシーのバザールの夏まつりにでかける決心であった。そして、ほんとうに（モミイチは信じているのだが）まつりがたのしかったならば、牧場のひとたちにも話をして、みんなをつれていってやりたいとおもっていた。

みんながほんとにじぶんの目で、ジプシーたちのまつりを見物し、オーケストラやアンコロンをじぶんの耳できいたならば、モミイチをばかにしたことを、きっと後悔するのにちがいない。そして、みんな「すまなかったなあ、かんべんだよ」と、あやまるのにちがいないのだ。

モミイチは、だれにもあやまってなどもらいたくはなかった。牧場のひとに、ジプシーを信用してもらい、なかよしになってもらえばよかった。バザールのおまつりを、いっしょに見物してくれさえすれば、それだけでうれしいのであった。

131

満月の日が、しだいにちかづいてきた。

モミイチは、ジプシーたちによろこんでもらうために、また、鈴をたくさんつくってやりたいとおもった。

かじ場のための木炭は、まえにつくったのがまだまだたくさんのこっていたので、炭焼きにでかける必要はなかった。

モミイチは、牧場のしごとが夕方おわると、それからかじ屋のしごとをはじめた。うつくしい音のでる鈴を、いくつもいくつもつくった。牧場のひとたちは、鈴の音があまりにうつくしいので、みんなほしがった。モミイチはほしがるひとたちに、ひとつずつやった。それからもどんどん毎日、精をだして鈴つくりにはげんだ。

「なぜ、そんなにたくさん鈴をつくるのかい？」

牧場のひとたちがふしぎがってたずねたが、モミイチは、それに答えないで、ただニコニコわらっているだけであった。

モミイチが毎日毎日鈴ばかりたくさんつくるので、牧場のひとたちは《鈴きちがい》とか《スズイチ》だとかいって、からかったりした。それでもモミイチは、ニコニコわらっていた。

モミイチは、ひとにめいわくをかけてはいけないので、ひるまは牧場のしごとにせいをだした。そして、夕方から夜にかけて鈴をつくるのであった。夜になると、ふいごの火がアメダマよりもきれいな色となり、虹の色をしたほのおがパッパと光った。

レモンのような月の光が、かじ場をのぞきこんでいた。鈴がひとつできあがるたびに、モミイチは月の光にかざして鈴をふってみた。

すみきった鈴の音が月の光のなかで、この世のものともおもえぬうつくしい音をひびかせた。

132

牧場の主人は、まえにモミイチが鈴をたくさんつくってから山へでかけていったことをおもいだした。

まさか《キツネツキ》ではあるまいが、山のなかになにかモミイチをばかす人間か、動物か、それともふしぎなばけもののようなものでもいるのであろうか。あるいは、モミイチは山へいくと見せかけて、ふもとの村かとなりの町へでもでかけていくのではないだろうか。もともと戦争からかえっていらい、頭がときどきおかしくなるかれのことだから、わるい連中にだまされたり、ばかにされたり、あるいは、きょうはくされたりしているのかもしれない、などとしんぱいになってくるのであった。

牧場の主人は、モミイチに、もしものことがあってはいけないので、くりかえし牧場の人たちに「モミイチが無断で牧場をはなれないように、よく気をつけるように」

と、かたくいいつけておいた。

　モミイチが炭を焼きにいきたいと、主人にいった。木炭は、まだまだのこっていた。主人は、

「まだ木炭はのこっているから、いそいで焼くこともないだろう。それに、この暑いさかりに炭焼きなぞしなくたっていいじゃないか。もっとすずしくなってから焼くほうがいいだろう」

　といって、しんせつにさとした。

　モミイチは、その日一日、そわそわと、おちつきがなかった。

「モミイチは、こっそりとぬけだすかもしれないぞ」

　牧場の主人はそうおもって、ほかの牧夫たちといっそうモミイチに気をくばるようにしていた。

133

　満月になるまえの日の朝。まだくらいうちに、モミイチは牧舎からぬけだしていこうとした。

しかしモミイチは、牧場のひとたちに気づかれて、すぐにつかまってしまった。つかまえられたモミイチは、子どものように泣きだしてしまった。

子どものように泣いているモミイチをみて、牧場のひとたちはつぶやきあった。

「やっぱり、あいつは頭がすこしおかしいのだ」

「キツネツキだよ」

「なんでまた、にげだして、どこへいこうとするつもりなんだろう?」

「鈴をたくさんもってにげだすなんて、ふつうの頭の人間のすることじゃない」

モミイチが牧場のひとたちにばかにされても、しかたはなかった。かれはひとのねているまに、こっそりと牧舎をぬけだそうとしたのであった。かれはそのとき、まえの晩から用意をしておいた鈴のたばをかつぎあげた。

鈴のたばをもちあげたしゅんかんに、大きく鈴の音が鳴りひびいた。モミイチじしんが、その鈴の音におどろいた。あわてて足ばやにでていこうとすると、鈴がゆられて、大きい音をたてた。

モミイチが牧舎のドアーをあけるまでに、ほかの牧夫はみんな目をさましてしまった。モミイチは、まだほのぐらい牧場の草をふんで走りだした。ほかの牧夫たちは、いそいでそのあとをおいかけた。

朝霧がちぎれちぎれにとんでいたので、モミイチのすがたはときどき霧にかくれて見えなくなった。しかしうつくしい鈴の音は霧のなかからひびいてきた。

モミイチは、牧場の柵(さく)をこすまでにかんたんにつかまってしまった。

134

モミイチをおいかけてきてつかまえたのは、モミイチにキツネがついているといった男であった。

モミイチをつかまえた男は、モミイチにこわい顔をしていいつけた。

「おまえは、鈴をそんなにたくさんつくって、どこへ売りにいくつもりなのだ？」

モミイチは答えなかった。

「どこへも売るつもりでないのなれば、牧場の牛ぜんぶに二つでも三つでもその鈴をつけてやるがよい」

モミイチはだまって、いわれたとおりに牛の首にあるったけの鈴をつりさげた。

鈴をつけた牛が、牧場のあちらこちらにちらばった。あちらでもこちらでもすずしい鈴の音が一日じゅう鳴りつづけた。

モミイチはその日、レッドクローバーの畑へいって一日じゅうカマでレッドクローバーの葉の刈りこみをした。

明日(あす)は満月だ。もう、きょうはバザールにも、水車小屋にも、ジプシーが日本じゅう各地からあつまってきて、にぎやかなことだろうとおもうと、こころがかきむしられるようであった。

いろいろな店がでるということだが、どんな店がでるのだろうか。ヴァイオリンにあわせておどるカイコの舞踏会ってどんなのだろうか。オーケストラは、もう、じゅうぶんにけいこをして、うまくなっていることだろうなあ。モミイチは、ジンタや軍楽隊の吹奏楽(すいそうがく)はきいたことがあるが、百人も弦楽器や木管、金管、打楽器のそろったオーケストラというものは、いまだかつてきいたことはなかった。雑誌にでていた写真で見たことがあるくらいであった。

タケバヤシとチクリンが、まつりまでにまにあわすと意気ごんでいた竹笛の風琴は、もうできあがっているだろうか。どんなうつくしい音楽を鳴らすのであろうか。

ああ、いまごろクラリネットやティンパニをはじめ、ジプシーの連中は、「モミイチはまだか」「モミイチはまだか」——と、きっとまちかねているのにちがいない。

135

レッドクローバーの畑のなかで、モミイチは泣いていた。

モミイチが牧場からにげだしはしないかと、ワラはこびをしながら注意をしていた牧夫の一人は、モミイチが泣いているのに気がついた。けれど、モミイチの頭がこのごろどうかしているのだろうとおもって、相手にしなかった。

モミイチは、一日じゅうレッドクローバーの畑で、はたらいたり、ねころんだり、ねころんで泣いたりした。泣くだけではなかった。きゅうにニコニコとわらったり、夢を見ているようにうっとりしていることもあった。モミイチの顔は、汗と涙とクローバーのあおい汁で、夕方になるとずず黒くよごれてしまっていた。

夕方になって牛のむれが牧舎にかえる時間になると、牛の首につけた鈴が音をそろえて鳴りだした。レッドクローバーにねころんだままその鈴の音をきいていると、音はとおくの空からひびいてくるようであった。水車小屋につくられた大きな風琴が、音楽をかなでているのではないか、とおもってみたりした。

ワラはこびをしていた牧夫が、モミイチに、

「さあ、かえって水あびでもしようじゃないか」

と、声をかけたが、モミイチは返事もしなかった。

その男は、モミイチが子どものようにすねているのだとおもい、相手にしないで、さっさとかえっていった。そしてあるきながらつぶやいていた。

「頭のおかしいやつに、まともに相手になっていられるものか」

136

山のうえから、まんまるいとても大きな月がでた。ティンパニの水車小屋の方向の山からだ。ティンパニのようにまるい大きな月だった。

牧場の主人がやってきて、モミイチをつれもどした。

食事の時間がきても、モミイチは食事をしなかった。そして窓から月をながめていた。

食事をしなかったが、コップにつめたい水をなんばいものんでいた。コップにいれた水を窓辺で月の光にかざして、

「レモンのミネラル」とか、

「虹の光のミネラル」とか、
つぶやいたりした。

月が高くのぼって、牧場をてらしつけた。深い海の底のように、あたりの空気はすみきっていた。

「とおくへはいかないから、牧場の柵のなかだけでも、散歩さしてください」

モミイチは、主人にあわれっぽくたのみこんだ。

牧場の主人は、あわれにおもってうなずいた。

モミイチが散歩にでていくと、主人は家族のひとにいった。

「いちどお医者に見せなければしんぱいだ。あす、モミイチを町へつれていこう。泣いたりわらったり、このごろのモミイチのすることは、まるで子どものようだ。にぎやかな町へつれていって、子どものようにおもちゃかラッパでも買ってやると、気持がほぐれるかもしれないぞ」

137

満月の日の朝、モミイチは主人につれられて馬車にのって山をくだっていった。馬車をおりてからバスにのった。バスに三時間もゆられて、にぎやかな町へいった。さいしょにお医者さんの家へいった。

モミイチをべつの部屋にまたせておいて、主人がいろいろとようすをくわしく話した。それからお医者さんは、モミイチをかわばりのまるいこしかけにかけさせて、いろいろとやさしく質問した。モミイチは頭がわるいとおもわれてはいけないので、わかっていることについては、大きな声でハッキリと返事をした。

しかしわからないことや、ハッキリしないことについては、返事をすることができなかった。たとえば戦争ちゅうに海でしずんだときのことや、マニラからどのようにしてアンボンへいったのか、マニラとスラバヤの陸軍病院に入院していたときのようすなど、どうしても、はっきりおもいだせないのであった。

それから山のなかでジプシーたちにあったときのことをくわしく説明すると、お医者さんも、そばできいていた牧場の主人も、おどろいたような顔つきをしていた。

お医者さんは、いろいろたくさん質問してから、聴診器を胸や背中にあてたり、てのひらを胸や背中にあてて、指でトントンとたたいては、ふつうの病気のときのような診断のしかたをした。

診断がおわってから、モミイチはべつの部屋へさがって、長いことまっていた。そのあいだ主人は、お医者さんと話をしていた。

やっと、かえることになった。

「暑さあたりだから、しばらく休養するとよくなるそうだ」

と、主人がお医者さんの家をでてからいった。

138

かえりしなに、にぎやかな町のとおりで、主人はいろいろの買物をした。

おもちゃ屋へたちよって、モミイチになにか買ってほしいものはないかとたずねたが、モミイチはなにもいらないといった。

ラジオ屋のまえをとおりすぎるとき、モミイチがちょっとたちどまった。主人はどうしたのかとおもって、モミイチの顔をのぞきこむと、モミイチはニコッとわらって、

「いま、ラジオでなっているのは、シューベルトの《アベマリア》でしょう」

といった。そしてまた、あるきだした。

主人は、モミイチがラジオの曲のことまで知っているようすなので、おどろいた。

バスがくるまでに、ちょっと時間があった。

バスの停留所のまえに金魚を売っている店があった。大きなひらたい木の水槽(すいそう)やガラスの鉢(はち)に、いろいろな金魚がおよいでいた。

モミイチは、きゅうに目をかがやかせてのぞきこんだ。モミイチは、おさない子どもがめずらしいものを見たときのような表情で、いかにもうれしそうであった。

「金魚を買ってやろうか?」

と主人がいうと、モミイチははずかしそうにわらって、コックリをした。

それから、となりの店にあった花火も買ってほしいといった。

139

ミルクのあきかんに水をいれて、そのなかにちいさな金魚が十尾ほどはいっていた。

モミイチは、金魚のかんを宝物のように両手でだいじにもってバスにのりこんだ。

バスがゆれるたびに、水がピチャピチャはねるので、モミイチは気が気でならなかった。とちゅう道ぎわに水のながれを見つけたとき、モミイチは車掌にたのんで、水をいれさせてもらった。

バスが山のふもとへついてから、むかえにきていた牧場の馬車にのりかえた。

もう、夕方であった。

馬車がゆれて金魚の水がこぼれないように、モミイチは気をつけていた。かんのなかばかりのぞきこんでいた。

馬車でゆられているまに、日がくれた。

まんまるい大きなティンパニのような月がのぼってきた。

まんまるい大きな月が、金魚をいれたミルクかんのなかにすっぽりとうつった。

金魚は月のなかをおよいでいるのであった。

牧場へかえってから、モミイチはおみやげの花火をしてみせた。

花火がいせいよく空高くあがってつづけさまに七回はれつして七色の光の粉をふりまいた。モミイチは買ってもらった花火に、つぎつぎと火をつけた。

花火の光がきえると、花火の光の粉が空にすいつけられたように、あかるい星が光っていた。

モミイチは、まるい大きな月を見ていた。すると、月のなかからなんびきもなんびきも金魚がおよぎだしてくるようであった。月のなかからおよぎだした金魚たちは、背びれや胸びれや尾びれをゆりうごかしながら、星のあいだをおよぎまわった。星の花のさいた林のなかをくぐりぬけたりとびこえたりしながら、おにごっこをしているようであった。

140

金魚が尾びれを大きくうごかして、星の花の林でからだをくねらすときに、星の光で金魚が星とおなじ光の色になることがあった。

星の花のあいだであそびまわっている金魚は、とても大きくなったり小さくなったりした。飛行機の翼燈（よくとう）のようにちいさくなった金魚は、よほどとおくへおよいでいっているのであろう。綿菓子（わたがし）のようにふくらんで、風にのってながされている金魚もあった。

金魚が大きくなったり小さくなったりしてあそんでいるのをながめていると、いつのまにか金魚が空とぶ馬のすがたにかわっていた。

馬が前脚をそろえてあげたまま、風にのってながれていた。しっぽだけは、金魚の尾びれのようにゆすっていた。星の花を後脚でひっかけたりしないかと見ていると、かるくピョンととびこえた。スローモーション映画のようなうごきかたであった。馬は一頭だけではなかった。さきの金魚とおなじくらいの数がいた。馬は月の光や星の光にてらされて、レモン色に光ったりあお白くすきとおったりした。

モミイチは、どれがツキスミだろうかとさがしていると、みんなツキスミとおなじ

かっこうをしていた。

ツキスミたちがいまあそんでいるあの空のうえからは、ジプシーのバザールのまつりがよく見えるだろうな、とおもった。そうだ、ツキスミたちはバザールのまつりを見物にやってきたのかもしれないぞ。そうだ、見物だ。いや、見物じゃないんだ。オカイコのおどりやオーケストラの音楽がおわってから、ツキスミたちが空のうえで空中サーカスをして見せているのだ。ここからはきこえないが、水車の風琴の音楽にあわせて、馬の空中大サーカスをやっているのだ。

141

モミイチは、花火がおわってからも、牧場の草のうえにねころんだままであった。ねころんだモミイチの顔を、あかるい満月がのぞいていた。

牧場の主人は、部屋へかえって、ほかの牧夫たちと話をしていた。

「お医者さんのいうのにはだな、いまさらどうこうって手当のしようもないそうだ。べつだん危害をくわえるようなおそろしいちょうこうもないのだから、まあしんぱいはなかろうって。このまま、しげきをあたえないように、精神的にショックをあたえないように、しずかにしておけば、そのうちに、しだいしだいによくなるだろうって。ただし、戦争ちゅうにうけた原因による記憶喪失や幻聴症は、なにかのはずみでなおることもあれば、日がたつにつれて、よくなってくる例もあるらしい。まあ、かあいそうだとおもって、みんなよくめんどうを見てやってくれないか」

牧場の主人は、医者のいったことを話してから、もうひとつ、つけたした。

「――それにしても、どうしてもふしぎなのは、あいつがきゅうに音楽がすきになったことだよ。きょうもラジオ屋のまえをとおりすぎたとき、ラジオの音楽をきいて、あれは、シューベルトの《アベマリア》だなんて、いうんだよ」

牧夫たちは顔を見あわして、「これはこれは」というような顔つきをした。

142

町へいった翌日、つまり満月の翌日から、モミイチはめったにものをいわなくなってしまった。

モミイチは、もともと口数のすくない男で、必要なこと以外に、あまりしゃべったりしなかったが、それがいっそうものをいわなくなってしまったのであった。

炭焼きにいかしてもらえないので、ふてくされているのだろうと、みんなはこころのなかでおもっていた。

しかし、ふてくされておこっているようすはなかった。悲しげな顔つきをして、しずみこんでいるかとおもうと、顔をほころばして、ひとりでわらっていることもあった。金魚をながめながら、ブツブツいっていることもあった。ひまがあるとすぐに、草のうえにねころんだ。太陽がてりつけていても平気でねころんだ。夜になっても、よく草のうえにねころんだ。

満月がすぎて月がかけはじめた。

かけていく月をながめて、モミイチは悲しそうな顔をした。だいじなだいじなこわれやすい宝物がかけていくようであった。

月は、とうとうひとかけらもなく見えなくなってしまった。空がくらくて、金魚のようなちぎれ雲も見えなくなってしまった。

銀河(ぎんが)が、空にさえきっていた。

銀河は、空いっぱいの、大きなクラリネットやフルートのようであった。モミイチの顔のうえの空が、大きなコントラバスで、銀河がその弦(げん)であった。

モミイチは、空いっぱいのクラリネットやフルートやコントラバスから、大空をゆるがして音楽がながれてこないだろうかと、一心に見つめていた。

143

夏のおわりに、大風がふいた。

モミイチのからだもふきとばされそうな大風であった。大きな木がたおされ、枝がふきとんだ。

風が三日間ふきあれているあいだ、空いちめんバラ色にもえているようであった。

この風は、バラ色をしているのであろうかとおもった。

風がふきあれている三日間、牧夫も牛もそとへでることができなかった。

モミイチは、ジプシーたちがどうしているだろうかと、気がかりでならなかった。

おまつりには、きっとでかけていくといいながら、うそをついてしまったので、いやうそをつくつもりではなかったが、とうとういけずじまいであったので、そのことをかんがえると、こころがチクチクいたんでならなかった。

こんなに風がつよいと、クラリネットのミツバチのすばこもとんでしまっているだろうし、フルートの木のうえの家なんか大ゆれのブランコ以上にこわいことだろうとおもう。ティンパニの谷間へいく道も、木がたおれてあるけなくなってしまっているのではあるまいか。

みんなどうしてくらしているのだろうか。ぜひともお見舞にいって、そのついでに、おまつりにでかけなかった失礼をあやまらなくてはならないとおもっていた。

大風がすぎると、モミイチの牧場でも、荒れたあとのかたづけが、おおそうどうであった。たおれた木をおこしたり、牧場の柵をなおしたり、とんでしまったサイロの屋根をさがしにあるいたり、毎日毎日、しごとがいそがしかった。

大風のあとかたづけがやっとおわったときには、もう秋風がふきはじめていた。

144

かじ場用の木炭も、もうのこりすくなくなっていた。

大風でたおれた木が、山にもたくさんあるから、たおれた木をきって炭をやいてきたいと、モミイチがいった。

もうこのごろは、あまりモミイチがかわったこともいわないので、

「ごくろうだが、それじゃ焼いてきてもらおうか」

といって、山へいくことをゆるしてくれた。

モミイチは、もちろんうそをつくつもりではなかった。炭を焼きにいくことは焼きにいくのだが、そのあいだにちょっと、ジプシーたちにあいにいきたいとおもっていた。約束をしてあったおまつりにいかなかったおわびをしたかった。それから、大風でだれかがけがをしたり、ミツバチやテントや水車がふきとばされていないか、そんなことが気がかりでならなかった。

モミイチは、まず炭がまへいった。そしてあたりにたおれている木をきって、かまどにいっぱいつめこんだ。それから土をかぶせて、たきぎをほうりこんで火をつけた。炭がまに火をつけてから、かれはジプシーたちをたずねていった。

大風のために、大きな木がゴロゴロとたおれていた。たおれた木の枝葉がはって、道をふさいでいた。それであるくのにとてもひまどった。ナタで枝や葉をはらって、木の下をくぐりぬけたり、よじのぼってとびこえたり、足や首にからみつくツタをきりはらったり、たいていのことではなかった。まえにつけてあった道も、なん回も見うしなったりした。

145

はじめてクラリネットにであったお花畑へたどりついたときには、もう夕方ちかくなっていた。

コザクラソウのさかりはすぎてしまって、いちめんに、キキョウのうすむらさきのかわいい花がさいていた。

ここのお花畑は、くるたんびに花がかわっているので、モミイチは、じぶんが夢を見ているのではないかというような、ふしぎな気がしてならなかった。このまえは、たしかにコザクラソウがさいていたはずなのだが、いま見えるのは、キキョウである。まえにコザクラソウだとおもったのは、キキョウのまちがいではなかったかしらと、ちょっと首をかしげたくなるほどであった。

「おーい、おーい」

大きな声でよんでみたが、どこからも返事の声はきこえてこない。どこからかクラリネットの音がきこえてこないだろうかと、耳をすましたが、クラリネットの音はきこえてこなかった。

一番はじめにクラリネットのテントがあったところへいってみたが、このあいだのときとおなじように、テントはなかった。まえにクラリネットがたき火をたいたあとの土が、くろくなっているはずだとおもってさがしてみると、そのあたりもキキョウが、いちめんにさいていた。

モミイチは、オカイコのヴァイオリン少女のテントを見つけようとおもって、コメツブシロハナの林をさがしてあるいていった。

しかし、どうしたことか、コメツブシロハナの林は、どうしても見つからなかった。

146

たしかこのあたりに、コメツブシロハナの林があったはずだとおもってさがしていると、いちめんの、ひろい地をはうような野ブドウの原っぱにでた。見わたすかぎりが野ブドウで、ムラサキ色のちいさい実がうれていた。

モミイチはすわりこんで、野ブドウをつまんで口にいれた。あまくてたべごろであった。もうすこしはやくきていたならば、まだあまくうれていなかっただろう。もうすこしあとできていたならば、うれすぎてすっぱくなっていたことだろうとおもわれた。

こんなに野ブドウがおいしくうれているのを、ジプシーたちがしらないことはないはずだ。

オカイコの少女が母親といっしょにかごをもって、きっとつみにきているのにちがいない。水車のティンパニだってブドウ酒をつくったり、ブドウのミネラルをつくるのに、野ブドウはいくらあってもあまることがないのだ。ティンパニは、大きなおけでもかついで、ブドウつみにきているのではなかろうか。

モミイチは、ブドウを口いっぱいにつめてから、ペッペッとタネをはきだした。それから野ブドウの原っぱをあるきだした。けれども、まっすぐあるくことができなかった。うつくしいムラサキ色のつぶをふみつけるのはかわいそうだし、もったいないので、ブドウの実をよけてあるかねばならなかった。野ブドウがあまりたくさんみのりすぎているので、ブドウの実をふまずにあるくことは、ひじょうにむずかしいことであった。

オーイ

オーイ

大きな声でよんでみたが、どこからも返事がなかった。

小鳥のむれがまいおりてきては、野ブドウをついばんで、またむこうへとんでいった。

147

どうもふしぎでならなかった。

ヴァイオリンやヴィオラ、コントラさんなどの家族も見つからねば、まえにキベリタテハチョウがうずをまいてとんでいた原っぱも見つからなかった。そして、どこまでいってもゆるやかな丘の斜面がつづいていて、それをのぼったりくだったりしなければならなかった。

野ブドウの原っぱをすぎると、アケビの原っぱがつづいていて、そのつぎには、見わたすかぎりの赤いツルウメモドキの原っぱであった。うれ柿色の赤いつややかなちいさな実が、花がさいたようにみのっていた。

ツルウメモドキの原っぱのさきには、ワレモコウやリンドウやイワギキョウがさきみだれていた。

モミイチは、どこまであるいても、だれにもあわないので、しだいにこころぼそくなってきた。

空がキキョウの花びらのようにすみきって、それから、野ブドウのようなこいムラサキ色にかわっていった。

ツグミのむれが、ツルウメモドキの原っぱにまいおりて、ねるしたくをはじめていた。

モミイチは、なんとかティンパニの水車かフルートの木のうえの家か、みずうみのほとりのホルンの家でも見つけなければと、気があせりだしてきた。けれども、どうしても見つからなければ、ツグミのむれとおなじように、ツルウメモドキの原っぱかキキョウの原っぱでねてしまおうとおもっていた。

まえには、ひとりでこんな山のなかへまよいこめばおそろしいものとおもっていたが、ジプシーたちがたのしくくらしていることをかんがえると、ひとりで山のなかにねることも、さしておそろしいものではなかった。

148

日がくれてしまった。

野ブドウを腹がくちくなるまでたべてあったので、食料がなくってもこたえなかった。モミイチは、キキョウの原っぱでねることにした。

日がくれてからあるきまわって道にまようとたいへんだ、とおもったからである。

夜中にかぜをひいてはいけないので、草をかぶってねむることにした。けれども、そのあたりにはキキョウやワレモコウやリンドウやカライトソウのほかの草は見つからなかった。しかたなしに、キキョウやリンドウをかりとって、からだのうえにかぶせた。そして、顔だけだしておいた。

　草のなかにねていると、まえにインドシナ半島やアンボンでツキスミの腹の下のワラや草のなかでねたことがあるのをおもいだした。

ツキスミはりこうな馬だったので、モミイチが下にねていると、夜なかでもけっしてふんだりすることはなかった。モミイチがねむっていて目をさますと、うえからツキスミが顔をのぞきこんでいたりした。

　いっぱいに星がでてきた。空いっぱいの星が、みんなちがう色をしていた。キキョウ、イワギキョウ、リンドウなどの花びらのように、ムラサキのこいのもうすいのもあれば、ツルウメモドキのように、赤いのもブドウ色もミカン色のもあった。深い海の色のジルコンもトルコ玉もエメラルドもあった。

149

トロリとひとねむりして、よい気持になったとき、モミイチはくすぐられて目をさました。
以前に、ツキスミがしっぽのさきでいたずらをして、モミイチの顔をくすぐったことがあった。モミイチは、ツキスミにくすぐられて目をさましたのかとおもった。けれども、ツキスミはいなかった。ツキスミは、キキョウやリンドウをつみかさねたなかに、すっぽりはいっているのであった。じぶんはキキョウやリンドウをつみかさねたなかに、
けれども、それは草の葉ではなかった。

チチ
チチチ
チチ
あまえるような小鳥の声が、耳もとでした。顔のそばに、小鳥ははねをすりつけてきているのであった。顔の右がわにも、左がわにも、首にも、小鳥がいるようであった。モミイチにからだをすりつけているとあたたかいと見えて、頭から首まで小鳥がすりよっているけはいであった。なんの小鳥か、くらくてわからないが、夕方に見たツグミなのかもしれない。小鳥は、モミイチの頭や首のまわりだけでなく、わきにも胸や腹や脚のうえにも、とまっているようであった。
モミイチはくすぐったいのとおかしいのとで、おもわず大声でわらいだしそうにな

った。

けれども、やっとのことでわらうのをおしころした。もしも、大声をだして小鳥をおどろかしてはかわいそうだし、からだをゆすったひょうしに小鳥をおしつぶす心配があったからであった。小鳥たちは、モミイチをこたつかゆたんぽか、スチームのようなつもりで、利用しているのであった。

小鳥のなかには、ねながら夢を見ているのがいるらしく、ちいさな声で、

チチ

チチチ

チチ

つぶやくように鳴いたりしているのがあった。モミイチは、小鳥もねごとをいうものだということを発見した。

150

これから後のことは――モミイチが、ほんとうにじぶんの目で見てじぶんの耳できいたのか、それとも夢のなかのできごとであったのか、あくる朝になっても、モミイ

チには、はっきりわからなかった。

モミイチは、くすぐったくてわらいたくなっても、くしゃみがでかけても、小鳥たちをおどろかしてはいけないので、じっとうごかないでしんぼうしていた。そして小鳥の、チチ　チチチ　チチとつぶやくようなかすかなねごとに耳をかたむけたり、からだにかぶせたキキョウやリンドウのあいだから、空にかがやく星たちをながめていた。

夜があけるまで、またひとねむりしようとおもった。

そのとき、空からシャワーのように流星がふりだしてきた。モミイチはねとぼけていて、雨がふりだしたのかとおもった。《キツネのヨメイリ》だろうか？　とおもったが、雨がこんなに光るのはおかしいし、第一に、顔もぬれていなかった。それから、「そうだ、ながれ星だ」と気がついたのであった。

モミイチは、しばらくぼんやりながれ星をながめていた。ながれ星は、ねているまうえの銀河からこぼれおちてきているようであった。銀河の砂をつまみおとすように、こぼれおちてくるのであった。

それも、なぜこんなに銀河の砂くずが落ちるのだろうとおもってよく見ると、銀河の星くずの砂原のようなところを、一頭の馬がぐるぐる走りまわっているのであった。馬が砂をけちらかして、星くずがパッパッとひづめの下からほこりのようにまいあがり、まいあがったほこりのような星くずが、チクチク光りながらゆっくりとおちてくるのであった。

151

銀河の砂原を走っているのは、ツキスミであった。

ツキスミがうれしいときのくせで、首をたてにふりながら、ギャロップで走りまわっていた。

星くずがこぼれおちるのにまじって、小鳥が銀の砂をまいたようにむらがってとんでいるようであった。銀河のなかに小鳥の大群がすんでいたのか、小鳥たちもまいおりてくるのだ。けれども、はじめはそれが小鳥とはわからなかった。ちいさな砂粒がまっすぐにおちないで、小鳥のように羽根をひらひらさせながらおちてくるのであった。銀河からホタルが羽根をひらひらさせておちてくるのかともおもった。しかし、けっきょく小鳥であることがわかった。小鳥たちが星の光をうけて、ホタルのように光りながらまいおりてくるのであった。

シャワーのように、ながれ星が野原いちめんにふってきて、そして小鳥の大群が野原にむらがりおりたかとおもうと、野原がいちめんに星の花園にかわってしまった。キキョウやリンドウにまじって、星の花がそよ風にゆれて光りだしたのであった。

　星の花も、キキョウやリンドウやイワギキョウやワレモコウやツルウメモドキの実や野ブドウなどの色をして、光っていた。ちょっとみれば、月の光にてらされて花が光っているようにも見えたが、ほんとうは星がさいているのであった。

152

　星の花が、キキョウやリンドウやワレモコウにまじって、それぞれの星の光をかがやかせていたが、そこへ風がふいてくると、花たちは風にそよいでゆらゆらとゆれた。花が風にそよぐと、花のひとつひとつが、銀でつくった鈴のように、すみきったうつくしい音をひびかせた。

　花の鈴の音は、モミイチがつくった鈴の音によくにているようであった。

　モミイチは耳をすまして、鈴の音にききいっていた。野原いっぱいの花の鈴が鳴るので、鈴の音がひびきあってハーモニーして、うつくしいメロディをかなでていた。

　花の鈴の音をうっとりときいていると、そこへ草笛かアシ笛のような音がまじってきこえてきた。そして、おやと思うとまもなく、フルートのソロにかわり、しばらくフルートのソロがつづいたかとおもうと、クラリネットの音がくわわった。そして、またしばらくすると、ヴァイオリンのトレモロがはいってきた。

（ヴィオラやチェロも、もうすぐきこえるぞ）

モミイチはたちあがって、楽器の音のするほうをながめてみた。

モミイチは、目をこすらないではいられなかった。

「ジプシーのやつたち、ぼくをびっくりさせるつもりだったんだな」

モミイチは、おもわずいった。

いつのまにあらわれたのか、二百人も三百人ものジプシーたちが、星の花野のなかに半円型にならんで、オーケストラの演奏をしているのであった。

第一ヴァイオリン、第二ヴァイオリンだけでも、百人以上もいるようであった。金管も木管も、ずらりとならんでいる。チェロやコントラバスも、でんとかまえていた。ハープが十人もならんでいるのだ。見おぼえのあるなつかしいジプシーたちが、そのなかにまじって、いっしょうけんめいにやっていた。

モミイチがまえに雑誌の写真で見たオーケストラの、五倍も六倍もあるかとおもわれるほどであった。

153

それに、オーケストラのジプシーたちは、胸に星の花のかざりをつけているので、からだがうごいてもうごかなくても、星の花が光った。星の花が光るので、木管楽器の銀の金具や、金管の楽器が、キラキラと星の色にかがやいた。楽器の金具だけではなかった。ヴァイオリンやハープの弦がゆれると、こまかい光の粉がとびちった。

(ああ、星の花の光の花粉がとぶんだな)

ドラムやティンパニやシンバルをたたくときは、もっとひどかった。光の花粉が砂ぼこりのようにまいあがるのであった。

指揮をしているのは、ヴィオラであった。

オカイコ少女の兄さんのヴィオラが、指揮棒をふっていた。ヴィオラをひく連中は、たくさんいた。

指揮棒は、銀色に光っていた。指揮棒がゆれるたびに、水のあぶくのような光の粒がまいあがった。まるで、光のちいさなミツバチが、棒にあつまってくるのをはらいのけているようなかっこうに見えるのであった。

ティンパニ、クラリネット、フルート、ホルン、アンコロン……モミイチは見おぼえのある顔をじゅんばんにながめていった。ヴァイオリンの一番まんなかに、オカイコ少女がいた。

オカイコ少女が、弓をひく手をとめてピチカートをするときに、ちょっと下をむいて、ニコッとわらった。そして、兄の指揮者におこられはしないかと、すぐに顔をあげた。そしてまた、ちょっと下を見た。

（ああ、あの子の譜面台の下の花のなかで、オカイコがダンスをしているのだ）

モミイチは、とんでいってなかまにはいりたいとおもった。

しかし、とつぜんでみんなをおどろかしてじゃまをしてはいけないので、一曲おわるまでしんぼうすることにした。

（それに、じぶんはなにも楽器をもっていないのだ）

モミイチはあわてた。（なにか楽器はないかしら……）モミイチは、そばのキキョウと星の花をたばにしておってみた。うつくしい音がふれあって鳴った。

星の花を鳴らすことにしよう。

モミイチは、いま演奏している曲のおわりをまっていた。

すると、曲はとつぜんファゴットと木魚のような打楽器だけになって、

ポッカ　ポッコリ
ポッカ　ポッコリ
ポッコリ　ポッカ
ポッコリ　ポッカ
と、おもしろい音を鳴らしはじめた。
（おや、ききおぼえのある調子だぞ）
とききいっていると、それは馬の歩く音になっていた。
ポッカ　ポッコリ
ポッカ　ポッコリ
ポッコリ　ポッカ
ポッコリ　ポッカ
馬のあるく音が、かろやかにたのしくユーモラスな調子にひびきだしてきたのであった。
ほんとに、うまいこと作曲したものだ。
モミイチがおもわずわらいだしたひょうしに、モミイチのうしろのほうで馬のいななく声がきこえた。

ふりむくと、ツキスミがちかづいてきて、モミイチの胸に顔をすりつけてきた。サラサラとしたたてがみが、モミイチの顔をくすぐった。

さっきまで天の川の砂原にいたのが、いつのまにかおりてきているのであった。

モミイチは、ツキスミの首にしがみついた。

ツキスミがうれしいときのくせで、顔を、
ブルブルッ
とふりあげた。そのひょうしに、モミイチはツキスミのせなかにほうりあげられてのってしまっていた。

ツキスミは、モミイチをのせて走りだしていた。

モミイチは、キキョウや星の花たばを、片手でたいまつのように高くさしあげて、星の花野を、かけていくのであった。

解説

今から十三年前の、今日と同じ秋分の日に、庄野英二さんは『星の牧場』のあとがきを書かれた。前の年の夏から取りかかって、三月二十五日に原稿ができ上がった、そしてほっとしてラジオのスウィッチを入れると、ドビュッシーの「牧神の午後への前奏曲」が放送されていたということである。あとがきにふさわしいこうした出あいが巧みに組み入れられ、まことにいそいそとした書き振りであるが、それから十三年後の秋分の日には、私が『星の牧場』の解説で、朝からずっと頭をかかえこんでいる。

『星の牧場』は著者から戴いた。その直前に庄野さんから手紙が届いた。その内容ははっきり憶えているが、これから、今度出た『星の牧場』という本を送るが、この前に送った本（多分『ロッテルダムの灯』、或いは『絵具の空』）に対して何の音沙汰もないのは、届いていないのかも知れないので、一応問い合わせるということだった。言葉遣いは勿論違うが、届いているのに何も返答がないのは少々よろしくないという気持が伝わって来たので、私は狼狽して直ちに返事を書いた。確かに届いていたし、その二冊は読んでもいたので、ただただ恐縮するばかりだった。私はどういう方からでも、その方の著書を頂戴すれば、礼状を書くことだけは怠っていなかった積りだったので、申し訳ないと同時に口惜しい想いがなかなか消えなかった。これが庄野さんとの文通のはじまりである。

私は大阪に住んだことはないが、庄野さんのお住いの帝塚山には親戚の家があって、幼年時代から何度か泊めて貰ったこともあるので、実際にお目に掛る以前から、手紙のやり取りだけで親しくなっていた。その後どのくらいたってからであったか大阪へ行った。亡くなった檀一雄さんと食事をしながら、庄野さんに電話をしようかどうしようか、いいと言われたら会うことにしようか、それともまた次の機会にした方がいいか迷っていると、いい人だから、それは是非会わなければいけないと檀さんに言われ、そこから電話をしたところ、会議があって学校へ出掛けておられた。ほっとした顔をしたので檀さんに笑われただけに終った。

いつまでこんな話を長々と書いているのだろう、いつになったら解説に入るのかと思っておられる読者には申し上げて置こう。最後まで多分解説などはしないだろうから、安心していて戴きたい。

庄野さんは、まめな方で、東京へも屢々出て来られるのが分ったので、連絡をとって、今度は余りかたくならずにお目に掛り、どうやら友人の資格も戴けたようである。まめという言葉には、忠実という字をあてるくらいであるから、まず誠実で、真心がこもっていること、労苦を厭わず、てきぱきと物事を処理する能力もあり、そして身体も常に健やかであると言った意味があるのだろうが、その全てが当て嵌まる。

僅か数日の違いの、同じ一九一五年生まれでありながら、仕事の種類の複雑さ、その量の多さ、その間に国内は勿論のこと、諸外国へもまことに気軽に出掛けて行かれるし、その土地その土地での収穫も実に大きい。ということは、子供のような素直な好奇心が、そのまま燃え続けているという極めて稀な証拠ともなるだろう。

いつかは、煙草を吸われない筈なのに、ポケットから、今外国煙草を貰ったからと言って出され、一本頂戴すると、それが煙草の形をしたボールペンであった。ホテルに泊まっても、ロビー近くの売店の前をすんなりとは歩いておられない。外国旅行も、このようにして、普通の人の数倍の物を見、感じ、それを澄まして収穫として持ち帰られるのだからたまらない。

*

また庄野さんは軍隊の生活を経験された。しかも戦争中に、かなり長期間に亘って、特殊な経験を豊富にされた。

軍隊生活の経験者は私たちの年代を中心に非常に多く、その話を聞く機会も多かったが、庄野さん程、その経験を巧みに自分の収穫として持ち帰られた人も珍しい。戦争の体験記を詳しく書いた人は何人もいる。それも単なる記録としてではなく、そこにさまざまの想いを盛り込んで、広く読まれたものも少なくない。

だが庄野さんは、それを直接に、生のままで語るようなことはせずに、巧みに使って作品に仕上げる。切り売りという意味ではなく、もっと手のこんだ使い方である。それはこの『星の牧場』を何度か読み返しているうちに、少しずつ理解されて来る。詰り、庄野さんは一人でも、一つの事柄に対して、周囲の人間の動きや言葉を通じて何人もの経験が収穫され、貯えられ、それぞれの経験が幾通りにも使われ、創造されて行く。無尽蔵である。

最近私は、庄野さんと軍隊生活を共にしていた方に会って、短時間ではあるがその頃の庄野さんの話を伺ったが、矢張り、まめな人という印象を強くした。

そこで、庄野さんの著書を、出版されるたびに読んで来て、世間の慣習に従って童話とかエッセイとか、時には紀行などに類別してみたい気持も湧くこともあるが、それは出版される本の装釘や挿画にかなり左右されているのに気が付く。或る出版社の企画した童話のシリーズに入っていれば、それは童話と考えるのが当然でもあろうが、しかし童話は子供が読むものと決めて、子供に媚(こ)びた書き方をしてあるわけでもない。その点で、作者が想定している読者はいつも作者自身ではないのかという考えが浮かぶ。

作者が自分を読者とすることによって、読者の範囲を極めて限定してしまうように考える人もいるかも知れない。実際、その結果、ひとりよがりになって失敗する例も少なくないが、庄野さんは逆に成功し、その範囲をひろげた。ということは読者に自由を与えたことにもなる。私は『星の牧場』を書棚から取り出すたびにその自由を嬉(うれ)しく感じながら、前に読んだ時とは違った、どんな新しいものが読み取れるか、それが楽しみである。

それで『星の牧場』が小山裕士氏によって戯曲化されて、劇団民芸によって上演された時、楽しみにして出掛けた。庄野さんと隣りあって観(み)ていたが、原作者は子供のように体を前にのり出し、大きな手で突然拍手を送っておられた。

舞台に載った『星の牧場』を見てから、一層この物語が多面的に読めるようになった。この一冊には、私に対して問題を投げかけて来るような要素はいろいろあるし、また、文章上の私の迷いを解決してくれる鍵が実に沢山ある。

庄野さんの、これまでの多くの著作の中で、『星の牧場』は代表作であり、傑作だという人は多いし、私もそれには異存はない。これ程の作品が次々に書き上げられて発表されたら、怪物である。長くあたためられていた題材も優れていたし、それにそそがれた意欲も強く烈しく、まことに羨しい。

若し読者として、この作品によって作者に強く関心を抱かれるなら、他の数々の庄野さんの本を読み、今後も尽きることもなく創られる作品にも大きな期待を寄せるのが当然であろう。

私が、イシザワ・モミイチについても、ジプシーの仲間についても、オーケストラについても触れなかった理由も分って戴けたかと思う。

串田孫一

一九七六・九・二三

ちくま文庫版のための解説

絲山秋子

物語の世界は非日常のできごとがたくさん詰まった旅のようなものです。本を読み終えた読者は、長い旅を終えて家に帰るように日常へと戻っていきます。

けれども、主人公モミイチはどうなったのでしょう。

「これから後のことは――モミイチが、ほんとうにじぶんの目で見てじぶんの耳できいたのか、それとも夢のなかのできごとであったのか、あくる朝になっても、モミイチには、はっきりわからなかった（二四九頁）」

あくる朝のことは書かれていませんが、壮大なオーケストラによる演奏とツキスミとの再会というクライマックスを経て、モミイチが日常の、牧場での暮らしへと戻っていったことがわかります。たとえ、日常がさびしくつまらないものであっても、非日常がどんなに美しく楽しいものであっても「モミイチだけを非日常の世界に置いてこなくてよかった」と思って私はほっとするのです。そしてなぜかはわからないけれど、きっともう大丈夫だ、ツキスミに会えたのだから、あの水車小屋からふらふらと出て行ってしまったときのモミイチとは違うのだ、と思えるのです。

ハニカミヤで口下手ではありますが、モミイチは手先が器用で体力もある立派な働き手です。工夫や研究を重ねて馬の足にぴったり合う蹄鉄をこしらえたり、美しい音色のカネや鈴を作ることができる腕のいい職人でもあります。それでいてなるべく花を踏まないように気をつけて歩くような優しさや、吃音のある人の話を聞くときに「顔を見ていれば気のどくだし、横をむいていれば失礼（一九三頁）」だと気遣う細やかさもあります。そんなモミイチの心のなかには、大きな空洞があるのではないでしょうか。戦争で恐ろしい思いをして記憶を喪失しただけでなく、幼いころに両親をなくして牧場にひきとられたことも関係しているかもしれません。その空洞を時折満たしてくれるのがツキスミの蹄の音や、なつかしい面影なのではないかと私は思います。

『星の牧場』が、刊行されたのは一九六三年（昭和三十八年）、日本で初めての高速道路である名神高速道路が開通し、黒部ダムが完成した年です。翌年には東京オリンピックが行われ、東海道新幹線も開業しました。高度経済成長期は勢いのある明るい時代だったと感じている人も多いことでしょう。けれども少し角度を変えて見れば、戦後生まれの人はまだ成人しておらず、大人は戦争を経験した人ばかりでした。この本の最初の読者である子供たちは、両親や祖父母や学校の先生といった身近な大人から戦争の話を聞いて育ったはずです。生活が豊かになり、変わっていく社会のなかで、心のなかに癒えない傷や悲しみを抱えている人も多かった時代です。

ハチカイのクラリネットは「おれはまえから、戦争にいっているあいだから、これがやりたかったんだ（四八頁）」と言います。ほかのジプシーたちや牧場の主人、牧夫たちにも、それぞれの戦争体験があったことでしょう。

モミイチが出会うジプシーは愉快でおおらかな人が多いのですが、大工のオーボエは少し感じが違います。

「——おれが、そもそもジプシーになったのも、人間のさびしさをまぎらそうとするためであった。（中略）ジプシーたちがみんなそろって笛をふいたりラッパをふいたりするのは、みんなちからいっぱいためいきをついているみたいなものなのだ——（一九四頁）」

話すのが上手ではないオーボエが発するこの言葉には「さびしさ」の語りづらさ、心の空洞を言葉にする難しさがあらわれているように思います。

私がこの本を初めて読んだのは九歳のときでした。そのころの私は、子供と大人はまったく違うものだと思っていました。いつも「ちゃんとしなさい」と言われていたので、大人というのはちゃんとしたものだと思っていました。学校が嫌いだったせいもありますが早く大人になりたくて仕方がありませんでした。大人は強くて自由で、いろんなことができる。いつも忙しそうだけど、次にやるべきことがわかっている。大人には知識や経験がぎっしり詰まっていてその上お金まで持っている。子供は弱くて中身がスカスカでつまらない、大人より劣った生き物だと思っていました。

けれども大人になってみると、どんな人にも欠けているところがあり、悲しみや苦しみを経験して来ていることがわかります。表面をとりつくろっていても実際にはツギハギだらけなのです。モミイチよりは小さなものかもしれないけれど、時代を問わず人の心のなかには空洞がある。楽器のようなその空洞に、音楽や物語が響くのかもしれないと思います。

この物語をいろどっているのは、ウサギギクやマツムシソウ、キベリタテハチョウといった珍しい植物や虫の名前、アンボン島やマニラやスラバヤといった外国の地名の豊かなイメージです。けれども登場人物にはほとんど名前がありません。牧場の主人や牧夫たちもそうですし、戦友と見間違えたジプシーにモミイチが改めて本名を聞くこともありません。ジプシーたちもお互いに「フルート」「ティンパニ」「コントラさん」などと楽器の名前で呼び合っています。

例外は竹細工を生業とするタケバヤシとチクリンです。

アンコロンという一般的なオーケストラにはない楽器が現れることに、なにか不穏な感じを受けます。旅先での淡い恋の話も、ほかのジプシーたちのする話とは違います。アンコロンはモミイチが覚えているアンボン島の記憶のなかにもあり、その音色がモミイチに島の夜明けを思い起こさせます。すみきった水底でうつくしい音をひびかせて歩くカニ、島の少女がハタをおる音、浜辺を歩く自分とツキスミの足音、さまざまなイメージが交錯して「たまらなくなった」モミイチは、ふらふらと水車小屋から離れて歩いていってしまいます。楽園や理想郷からの追放・訣別とも読めますが、そのときはまだツキスミとの再会がかなう時期ではなかったのだ、という気もします。

話は少し変わります。

二十年ほど前から私は群馬県の山の麓（ふもと）に住んでいます。山の向こう側には二年に一度、現代アートの芸術祭が開かれる町があります。全国だけでなく海外からもアーティストがやってきて、廃校や古民家、神社などいたるところで美術作品の展覧会をするのです。芸術祭をきっかけに移住したアーティストも少なくありません。みんな自由で個性的で、「ちゃんとした大人」よりもジプシーたちに近いなと感じることがあります。

それとは別に、クラフトフェアもあります。全国から家具や器、布製品や革製品、ガラス細工などを作るクラフトマンたちが集まる「バザールのおまつり」のような青空市です。ここにもたくさんの友人が出店していて、会うたびに、まるでホルンやファゴットのようなほら話をするのです。

アーティストやクラフトマンたちと会うのはとても楽しいのですが、自分だけが絵を描いたり工芸品を作ったりすることができないんだ、と気後れしてしまうことがあります。そんなとき私は、モミイチもこんな気持ちだったのかなと思います。山の向こうでみんなが集まって宴会をする日に、何か別の用事があって参加できないと、私は夕日に照らされた山のシルエットを見て泣きそうになります。そんなときにも、バザールのおまつりに行けずにミルク缶のなかに映る月と金魚を見ていたモミイチのことを思います。

ジプシーは本当にいたのだろうか。モミイチの頭のなかだけにいた人々ではなかったのか、と考えた時期もありました。でもこの本には「ほんとうにあったこと」ではなく「ほんとうのこと」が書かれているのだと思えるようになりました。

この本は私にとって昔から、そして今でも一番の親友です。きっと同じように思ってくださる方もたくさんいらっしゃることでしょう。文庫になってまた新たに、たくさんの友達と出会うことを心から嬉しく思います。

（いとやま・あきこ　作家）

本書は、一九七六年に角川書店より刊行された同名作品を親本としました。

ちくま文庫

星(ほし)の牧場(まきば)

二〇二五年三月十日　第一刷発行

著　者　庄野英二（しょうの・えいじ）

発行者　増田健史

発行所　株式会社　筑摩書房

東京都台東区蔵前二―五―三　〒一一一―八七五五

電話番号　〇三―五六八七―二六〇一（代表）

装幀者　安野光雅

印刷所　中央精版印刷株式会社

製本所　中央精版印刷株式会社

ISBN978-4-480-44017-4　C0193